國鉄コンテナ
戸口から戸口へ

2
乗

EF68 519
JNR
銀河
GINGA

「RAIL WARS! Exp」
人型重機は國鉄の夢を見るか？

著者：豊田巧

目次

イラストレーター：バーニア600

00 プロローグ

すでに21世紀を迎えていた。

だが日本最大の鉄道会社として『國鉄』は、依然君臨していた。

國鉄の路線総延長は約二万五千キロを超え、この瞬間にも延伸され続けている。

だが、国家が運営する会社なんてものが、経営的に上手くいった試しはない。

國鉄の職員数だけでも約四十万人を突破し、グループ企業は無尽蔵に増え続ける。

車両製造、駅清掃、病院、バス、売店、立ち食いそば屋など「國鉄に関係あるから」との理由があれば、國鉄官僚の受け皿としてのグループ企業が増えまくった。

その数は國鉄本社でも把握出来ないと言われている。

当然、肥大化した組織はムダを生み出す。

議員の利益誘導に引っ張られる形で地方への新幹線建設を始めた頃を境にして、膨らみ始めた赤字は税金で補填されることをいいことに、巨大債務へと成長していった。

国会には「我が町にも鉄道を！」と叫ぶ、國鉄利権に巣くう鉄道族議員が多い。

そのため、新幹線を建設しているにも関わらず、利用者が減りつつあった地方では新規の在来線、駅などの建設が精力的に続けられた。

國鉄の路線はどんなに赤字となっても「公共交通機関は採算で判断するものではない」と、国会議員達も抵抗を行ったことで、今まで一つも廃線させられない状態だった。

そんな国会議員らにも守られ、國鉄は「分割民営化」を免れた。

現在、國鉄は国家が運営する国内最大の企業だ。

北は北海道から南は鹿児島まで通した新幹線は、四国、中国、北陸など各地方都市へも延伸を計画中の上、更に東京・大阪間でのリニアモーターカーの建設まで始めていた。

新幹線を延伸したからといって、平行する在来線が廃線になるわけではない。

國鉄職員や出入り業者の強い反発にあい、在来線の寝台特急、特急、急行列車も減らすことは難しく、乗客が極端に少ない状況でも長大な列車が定刻通りに國鉄の駅を出発した。

こうしたことが可能なのは「親方日の丸」の『日本國有鉄道』だからだ。

無論、税金をムダ使いする國鉄に対する強烈な反発は国民の中にも生まれる。

その中から「國鉄の分割民営化!」を標榜する過激派組織「RJ」が現れ、日々國鉄に対してテロ攻撃を仕掛けてきていた。

國鉄内では警察と同じ権限を持つ「鉄道公安隊」がRJに対抗することになる。

日増しに過激になっていくテロ組織に対して鉄道公安隊も組織、装備が相対的に強化され、戦いが次第に激化していくことになった。

だが、絶対に倒産しない鉄道会社である國鉄は、就活生には大人気だった。

國鉄でも「学生鉄道OJT」という「高校二年生になれば、鉄道会社で働ける」研修制度を採用した。

これは研修過程で学生を気に入ったら「採用して下さい」という仕組み。

だが、学生にとっては「毎日が就職面接」のような状況となり、全員死に物狂いで働くこととなる。

そして、國鉄に入社し運転手になることを目指す、桐生鉄道高校二年生の「高山直人(たかやまなおと)」は、うまく國鉄の学生鉄道OJTに滑り込んだ。

だが、今年からは「全員、鉄道公安隊での研修を命ずる」とのこと。

そのため、なぜか激しく銃弾が飛び交う、東京中央鉄道公安室・第四警戒班に配属されることとなってしまう。

しかも第四警戒班には、

「痴漢は射殺」と言い放つ「桜井(さくらい)あおい」

乱闘をピクニックのように楽しむ「岩泉翔(いわいずみしょう)」

元國鉄総裁の孫娘の「小海(こうみ)はるか」

と、一癖も二癖もある連中と一緒に配属されてしまい、高山直人はそんな警四の班長代理を命じられてしまう。

この物語は、ただ國鉄に就職したかった若者達が鉄道公安隊で戦った、青春の日々の記録である。

そして、その時は当たり前のように過ぎ去っていった……ただの日常の記録である。

01　東京駅忘れ物承り所　出発進行

数週間前、俺たち警四はアテラで、激闘の夏休みを過ごしてきた。

アテラ大使館主催のサマーパーティーに参加するだけのはずだったが、アテラの王子であるベルニナからの命令を変に解釈した近衛隊長ベルゲン・ソフィによって拉致され、俺達四人は突然ヨーロッパへ行くハメになったのだ。

おかげで俺の高校二年生の夏休み前半は、桜井が小海さんと間違われた誘拐事件で、中盤はアテラでの過激でゴージャスなバカンスという、今までまったく体験することもなかった過ごし方となった。

そんな大変な夏休みの終わりがやっと近づき、二学期の開始が見えてきた。

その時、東京中央鉄道公安室には「最も顔を合わせちゃいけない女子」が、残念ながら二人で角を突き合わせていた。

もちろん、片方は銃を恋人のように愛する、桜井あおい。

桜井は既にキレかけている。

胸の脇に吊られたショルダーホルスターに入った、ドイツ製オートマチックに右手をかけて引き抜こうとしていた。

「あんたっ、何、うちのナワバリで、ウロチョロしてんのよっ」

仮にも國鉄の警察機構である鉄道公安隊員が、なんてことを言っている⁉

俺はどうにか場がなごむようにと願って、なるべく穏やかに声をかけた。

「その言い方は……もう反社会的勢力だぞ～～桜井」

常に「世界は平和で平穏無事」にあって欲しい俺は、額から汗を流しながら、アハアハとあいそ笑いをする。

だが我々平和主義者の願いというものは、古今東西、武闘派の連中の耳には念仏ほどに届かない。

桜井に対しているのは、横浜鉄道公安室からやってきた、氷見文絵（ひみふみえ）。

氷見も既にキレかけ。

桜井の右手に自分の手を押しつけて、ホルスターから銃が出るのを抑えている。

そして、左手は半袖の袖口にあるナイフホルスターに挿してあるスローイングナイフの一本を摑んでいた。

氷見はプライベートで練習していたスローイングナイフの名手であり、いつも手足に巻いたホルスターにナイフを入れているのだ。

もちろん、氷見の左腕を自由にさせないように、桜井も手で強く抑えつけている。

双方の力は拮抗しているらしく、二人とも両腕を小刻みに震わせていた。

どちらかが少しでも力を弱めれば、弾丸かナイフが飛んできそうな雰囲気。

ギリッと奥歯を噛んだ氷見は、鋭い目で桜井に微笑みかける。

「至近距離では『銃はナイフに敵わない』と教えてやっただろ？」

桜井も応えるように、微笑みながら睨み返す。

「やってみないと分かんないでしょ？　そんなの」

桜井はギリギリと力を入れて右腕をよじり、ショルダーホルスターから強引にオートマチックを引き抜こうとしている。

氷見はそんな桜井の動きを阻止すべく、力を受け流しつつ体を合わせて動かした。

「やはり……一度やってみないと分からないようだなっ、桜井」

「あんたもね、氷見」

「いいぞ。じゃあ、抜けよ」

「あんたが手を退ければ……すぐにねっ」

額をぶつけそうにしながら力比べをしている二人がニヤリと微笑み合う。

どうもお互いに「負けるわけがない」と自信があるらしい。

短い銀髪に鋭い目つきの氷見は、俺たちと同じ短期講習を受けた同期の仲間だ。

いつもキュロットタイプの制服を穿いているボーイッシュな感じ。

配属が神奈川県の横浜鉄道公安室だったことで、東京とは近いこともあって数回一緒に仕事をすることがあったのだが……。

問題は桜井と氷見は、犬猿の仲ということ。

短期講習内で行われた格闘戦トーナメントにおいて、決勝戦の戦いはこの二人だった。というか、二人以外の女子は護身術に毛の生えた程度で、小海さんなど相手にすることになった普通の子達は、見ていてかわいそうなくらいだった。

その決勝戦の遺恨というか、二人の考え方が根本的に違うというか、なぜか二人は馬が合わないらしく、会えば火花を散らして一触即発の事態にいつもなっていた。

俺は二人をなだめようとしていたが、それを近くで笑って見ている奴もいる。

「おぉ～インドアの至近距離でナイフと銃のどちらが強ぇのかは、確かに見てみてぇよな」

自前の漆黒の伸縮式警棒を、潤滑油を浸したウエスでキュキュと拭きあげながら、岩泉はリングサイドのアナウンサーのような雰囲気で気楽に笑う。

ため息をついた俺は、呆れた顔で岩泉を見る。

「あのなぁ、岩泉。二人をあおるなよ」

「たまにガス抜きしておいた方がいいんだぜ、こういう奴らはよっ」

きっと、岩泉は異世界で育ったのだろう。俺にはまったく理解出来ん。

バッと両手を左右に大きく広げて俺は叫ぶ。

「お前はバカかっ！　なんで東京中央鉄道公安室の警四のオフィスで、銃対ナイフのアルティメット大会を開催しなきゃならないんだよっ」

そこで、大きな胸の前で書類を抱えながら遠巻きに見ていた小海さんが、

「じゃあ、止めるの～？　高山君が」

と、右の人差し指でクイクイと二人を指差す。

「そうだ、そうだ。じゃあ、班長代理が止めろよ」

岩泉も一緒になって言ったが、俺にそんな根性はない。

「とっ、止める⁉　俺が～～～⁉」

小海さんはコクリと頷く。

「そうよ。バトルされて困るんだったら、高山君があの二人を止めないと……」

俺は改めて桜井と氷見を見る。

そこには世界の終わりにあると聞くアルマゲドンが現出していた。

美人小悪魔と、クールビューティーな野獣が、グルルルと喉を鳴らし合いながら睨み合っていて、今にもお互いに飛びかかろうとしていたのだから……。

二人の周囲には円形に広がるエネルギーフィールドが魔法陣のように広がり、それは真っ赤な炎が上がっているような迫力があった。

誰がどう見てもヤバイ雰囲気で、二人にはモブキャラの俺なんて見えていない。

おいおい、こんなところでバトルなんて勘弁してくれよ～。

どう考えても嫌な予感しかしなかったが……、
俺は警四の班長代理なんだ！

という想いで心を奮い立たせ、恐る恐る二人の近くまで歩いていく。

平和の使者の俺は、アハアハと出来る限りの作り笑いをして見せた。

「ふっ、二人とも～仲良くしようよ。同じ鉄道公安隊員じゃないか。なっ？」

そんな時だけ、二人はピタリとタイミングを合わせて振り向き叫ぶ。

「黙ってなさいよっ！」

「黙っていろよ！」

俺は二人の叫び声に気押される。

「あっ、そっ……そうかもね。よっ、余計なこと言ってごめんね……二人とも」

あっという間に撃沈した俺は、二人から離れるように静かに後ろへ下がった。

俺の背中を受け止めた小海さんが、後ろへ引っ張るようにする。

「もっと離れておかないと危ないよ～高山君も」

でもいいのか⁉　目の前で決闘が行われるのを許して！

なんとか下がるのを止めて踏ん張る。

「いっ、いやいやいや。ここは班長代理として――」

そこまで呟いたら、飯田さんがフラリと警四に現れた。

反射的に俺と小海さんと岩泉は、飯田さんに顔を向けて敬礼する。

だが、桜井と氷見は目の前の敵に集中し過ぎていて、飯田さんが来たことに気がつかない。

飯田さんはいつもの通りにニコニコ笑いながら、フンフンと鼻歌混じりで睨み合っていた二人に近づく。

そして、最初に桜井の背中から両手を突っ込んだ。

「きゃっ！」

桜井の悲鳴と共にスルリとショルダーホルスターが外れる。

飯田さんがクルクルと右腕を回したら、右手にはホルスターが銃と共に引き寄せられた。

すっ、すごい！　どうやったんだ⁉

続いて氷見の後ろに迫った飯田さんはクルリと体を一回転させる。

そして、半袖の袖口と足首辺りを触るようにしながら笑顔で通り抜けていく。

次の瞬間、パチンパチンと四つのナイフホルスターが外れてフロアに落ちた。

「うっ」

顔をパッと赤くした氷見は、恥ずかしそうな小声をあげて身を縮める。

桜井も氷見もまるでスカートが脱げたかのように、突然恥ずかしそうな顔でワタワタし始めた。

別に「武器を持っていない」ってことは、恥ずかしいわけじゃないだろう？

普通の男子高校生である俺はそう思うのだが、二人にとっては違うらしい。

さすがの飯田さんは、瞬時に二人の戦いを止めてしまった。

そのまま壁際にある班長席へ向かって、スキップするように飯田さんは歩いていった。

「いつも言っているでしょう～。鉄道公安室内で武器は使っちゃダメって～」

相変わらずの園児にでも言うような感じで、飯田さんはフフッと笑う。

飯田さんは桜井から取り上げた銃を、ホルスターごと机の上にドンと置いた。

とりあえず、俺はアルマゲドンが未遂に終わったことに、心の底からフゥとため息をつく。

「ありがとうございます、飯田さん」

飯田さんは右の人差し指をビシッと立てる。

「高山君、ちゃんと止めなきゃダメよぉ。班長代理なんだから～」

「あっ、はい……。今後は気をつけます」

俺は素直にペコリと頭を下げた。

桜井は素早く上着を脱ぎながらタタッと飯田さんの元へ走った。

そして、机の上の銃を取り返し、頬を赤くしながらショルダーホルスターをつけ直す。

「なんでっ、横浜鉄道公安室のこいつが、ここにいるんですか⁉」

恥ずかしい目にあったらしい桜井は、それを隠すために氷見のことを責めた。

氷見も桜井と同じように恥ずかしそうな表情をしている。

スローイングナイフが刺さっているホルスターを、左右の袖口と足首に急いで巻き直しつつ応えた。

「命令だ。そうでなければ自分だって、わざわざこんなところにくるか」

「命令～？」

桜井が不満気に聞き返したら、飯田さんがニカッと笑う。

「そうよ～。明日から忙しくなるから、横浜鉄道公安室に応援をお願いしたの～。そうしたら～『じゃあ氷見さんを送るから』ってことになったのよ～」

ショルダーホルスターをつけ終えて自分の席に戻った桜井は、右の人差し指でビシッと氷見を指す。

「こんなのに応援してもらわなくても、私達だけで出来ます！」

ショルダーホルスターを装備したことで、桜井は元の調子に戻った。

「誰が……『こんなの』だ? このハッピートリガーがっ」

低い声で呟いた氷見が、ギロリと桜井の指先を睨みつける。

氷見もナイフホルスターを装備し終わったので、まったく焦りがなくなっていた。

「横浜鉄道公安室から『厄介払い』で送られてきたクセにっ」

「ここの厄介者は、お前だろ」

その瞬間、デジャヴ状態に。

「何よっ!」

「なんだ⁉」

まったく動じることのない飯田さんは、あげた両手を笑顔で前後に動かす。

「まぁまぁ、明日からの『鉄道テクノロジー展』には、一般の人も含めて十万人からのお客様がやってくるんだから、人手は一人でもあった方がいいでしょう～～～?」

それには俺も賛成だった。

「あれだけの広い会場に鉄道公安隊員は、たったの四人なんだぞ、桜井」

チラリと氷見を見てから、桜井はフンッと鼻を鳴らす。

「単なる鉄道技術の展示会で、鉄道公安隊が必要になる事態なんて起きないわよっ」

「なんだよ? また『暇な仕事』かよ」

つまらなそうに呟いた岩泉はガツンと先端を天板に打ちつけて伸縮式警棒を畳む。

そんなことばっかりしている岩泉の机の天板は、数か月でベコベコになっていた。

暇そうな任務に不満そうな桜井は、分かりやすく口を尖らせる。

「そうよっ。単に『立っているだけ』って仕事よ、きっと」

クルクルと回してから、岩泉は腰の黒革のホルスターにストンとしまう。

「そんなもんに五人がかりで挑むのかよ？」

口を真っ直ぐに結ぶ岩泉を見ながら、俺はフフッと微笑む。

「俺はそれでいいけどな〜」

國鉄を始め国内外の車両、鉄道施設関係のメーカーが一堂に会する「鉄道テクノロジー展」が明日の土曜日は東京で、日曜日には名古屋で開催されることになっていた。

もちろん、主な警備は民間の警備会社の方が行うことになっている。

だが、國鉄が関わっているイベントである以上「鉄道公安隊も現場にいなくてはな」と、毎年恒例になっているらしい。

最初の頃は「警備部」がしっかり出動していたらしい。

しかし、平和な日本の普通の展示会で「鉄道公安隊が必要になるような事態」など、そう簡単に起こるはずもない。

そこで、なんとなく近年では「学生鉄道ＯＪＴの連中でいいだろう」となり、東京、神奈川、千葉、埼玉などに配属された者が、毎年恒例で担当することになっていた。

桜井と岩泉からは『ふぅ』という、気が抜けるようなため息が響いた。

ニコニコと笑った飯田さんが、気分を変えるようにパンパンと両手を合わせる。

「はい！　はい！　お仕事はお仕事なんだから、楽しく働こうねぇ〜〜〜」

気持ちを切り替えた俺達は『**はい！**』と気合を入れて返事した。

そこで、飯田さんは一枚の書類をペラリと持って俺達に向ける。

「そうそう、警四のみんなと氷見さんには、今日は『応援依頼』が来ているのぉ〜」

それだけで目を輝かせる桜井を尊敬する。

「**えっ!?　応援依頼!?**」

どうして「楽しい仕事の依頼が!?」ってポジティブに思えるんだ？

一気にテンションを上げた桜井は、ダッシュで飯田さんのところまで走っていく。

「警備班ですか!?　捜査班ですか!?　鉄道公安機動隊ですか!?」

飯田さんは桜井に申し訳なさそうな顔で微笑む。

「う〜ん。どれでもないわねぇ」

だが、桜井は笑顔で食い下がる。

「どんなことでも、私達に任せてください！」

待ちきれなくなった桜井は、飯田さんの手から書類をパシンと奪い取る。

「そう？ そう言ってくれると嬉しいわ〜〜〜」

座ったままの飯田さんが笑顔で見上げていた桜井の顔は、すぐにどんよりしていく。

やがて、ハァァァ〜というため息と共に呟く。

「依頼主は忘れ物承り所〜〜〜？」

首を傾げた俺達は、桜井の周りに駆け寄る。

そして、短い文章の書かれた一枚の書類をサッサッと回し読みした。

「忘れ物承り所なんかで乱闘なんかあるのか？」

俺は岩泉の後頭部にパシンと突っ込んでおく。

「あってたまるかっ」

「じゃあ、トラブルメーカーの俺達が何すんだよ？」

自分で言うなっ。てか、トラブルを呼んでいる原因の多くは、お前だ！

最後に書類を読んだ小海さんがフンフンと頷く。

「えっと〜『忘れ物承り所において、期末前の廃棄物整理のため五名の応援を求む』ってお仕事の依頼ですねぇ〜」

「何よっ、そのチマチマした仕事……」

あからさまに肩を落とした桜井は、つまらなそうに言い放つ。

すると、飯田さんが真剣な顔で桜井を見上げる。

「仕事よ……桜井さん」

飯田さんの雰囲気に気押されて、桜井は目線を下へ向けた。

「そっ……そうですけど……」

「仕事に大きいもチマチマも、大事もつまらないもないから……」

それには桜井も言い返すことが出来ないようだった。

「誰かが毎日コツコツと堅実な仕事をしてくれているから、イザって時に事故からお客様を救出したり、犯罪から守ることが出来るのよ」

目線を外したままで、桜井は口を尖らせる。

「でっ、でも……こんなのは……その……鉄道公安隊の仕事ではないかと……」

「仕事が出来る人っていうのはね……」

そこでニコリと笑った飯田さんは、俺達全員の顔を見ながら続けた。

「どんな仕事でも楽しめちゃう人なのよ〜」

その言葉は俺の胸に響き、なぜかポッと胸が温かくなった。

小海さんは飯田さんの言葉を繰り返す。

「どんな仕事も楽しめてしまう……ですか？」

「そうそう、だから！　この仕事も楽しんできてねぇ～」

飯田さんの言ったことが、俺にはなんとなくだけど分かった。

俺が目指しているのは運転手だが、それまでには駅員、車掌など色々な職務を経験する。

そんな時に「これは運転手の仕事じゃありません」なんて言っていたら、きっと、良い運転手にはなれないような気がする。

制帽をかぶり直した俺は、パシンと足を鳴らして敬礼する。

鉄道公安機動隊の五能隊長から厳しい短期講習を受けた他の四人も、足の音を聞くと自然に体が反応して敬礼してしまう。

「了解しました！　高山、桜井、小海、岩泉、氷見は、只今より忘れ物承り所へ向かい、期末前の廃棄物整理を楽しんでまいります！」

ペコリと頭を下げて、飯田さんが微笑みながら答礼する。

「は～～～い。みんな、お仕事よろしくねぇ～～～」

短期講習で教えられたように、俺達は『**はい！**』と大声で応えた。

俺を先頭に東京中央鉄道公安室を出る。

目の前に横たわる北自由通路を八重洲口方面へ向かって歩いていく。

十メートルも歩かないうちに「忘れ物承り所」と白字で書かれたグレーの看板がある入口に着いた。

看板には「？」と一緒に傘とボストンバッグが描かれていた。

開きっ放しになっていた両開きのガラスドアから中へ入る。

入ってすぐの場所には、木目の受付用カウンターがあった。

五人でゾロゾロと入っていったら、カウンターに立っていた國鉄の紺の夏服を着ていた女性職員がニコリと笑う。

そして、振り返って大きな声で叫んだ。

「ガーラ係長〜〜〜。鉄道公安隊からの応援が来ましたよ〜〜〜」

すぐにカウンターの奥から明るい金髪を頭の後ろでまとめた二十代前半の女の人が現れた。

比較的場所が近く、落とし物の問い合わせは鉄道公安隊の方にもあるので、俺達と忘れ物承り所の職員とは顔見知りだった。

「応援に来ました〜」

軽く敬礼しながら言うと、ガーラ係長はフッと笑う。

「Is the support a K4?」（手伝いは警四なの？）

ガーラ係長は流れるようなネイティブ英語で聞く。

「Yes, that's right」（そうです）

アッサリとヒヤリング出来た小海さんが応えた。

微笑んだ俺は日本語で言う。

「東京中央鉄道公安室内では、俺達が一番ご厄介になっていると思いますから……」

「まぁ、それはそうかもね」

ガーラ係長はフフッと笑った。

湯沢・S・ガーラ係長は、アメリカ人とのハーフで帰国子女。

英語がペラペラなのは当たり前で、もちろん日本語も完璧にしゃべれた上にフランス語、中国語、韓国語なんかも話せるらしい。

最近多くなってきた外国人の対応も考慮して、三年前に中途採用されて問い合わせの多い忘れ物承り所に配属されたのだ。

すぐにマルチリンガルの優秀で真面目な仕事ぶりが評価され、あっという間に忘れ物承り所の係長になったすごい人だ。

帰国子女なこともあって、ガーラ係長の仕事に対する考えはドライ。上官であろうが本社であろうがパワハラ、セクハラなどに対しては、ビシビシ対応するので女性職員にも人気が高い。

本当は苗字が「湯沢」なので「湯沢係長」と呼ぶのが正しいような気がするが、なぜかみんな名前のほうの「ガーラ係長」って呼んでいた。

カウンターの一部を上に開いて、ガーラ係長が俺達を中へと招き入れる。

「あなた達くらいよ、忘れ物承り所に爆弾を持ち込んできたのは」

ガーラ係長がニコリと笑う。

「いや～持ち込みたくて……持ち込んだわけじゃないんですが……」

歩き出したガーラ係長に続いて、俺達はカウンター内へ入った。

俺が忘れ物承り所に初めてやってきたのは、東京中央鉄道公安室に配属されてからあまり時間が経っていない時だ。

ＲＪの士幌が寝台特急「はやぶさ」内に忘れ物として置いたペットキャリー型爆弾を、俺は小海さんと一緒に発見して遺失物として、忘れ物承り所に運びこんだのだ。

結局……その爆弾を俺と桜井で解体するハメになり、一つ間違えれば死ぬところだった。

そんなこともあって忘れ物承り所では、今年の「警四」はかなり有名で、俺達のことは職員さんが全員覚えてくれていたのだ。

歩きながらフッと首を回したガーラ係長は新顔に気がつく。

「あら？　警四に新人？」

「あぁ～彼女は――」

俺が説明しようとしたら、氷見が遮るように歩きながら敬礼する。

「自分は横浜鉄道公安室・第二警戒班・氷見文絵であります」

常に人を寄せつけない感じの氷見に対して、帰国子女のガーラ係長は初対面の人に対してもフランクな感じ。

とりあえず、氷見の手をサッと摑んで笑顔で握手する。

「私は湯沢・S・ガーラ。ここで係長をしているの。よろしくね、文絵ちゃん」

最初から下の名前で、しかも「ちゃんづけ」だったことに、氷見は「うっ」と動揺した。

「あっ、あの……」

氷見は訂正しようとしたようだが、ガーラ係長は気にせずに歩いていく。

「作業してもらう場所はこっちよ」

受付の奥は大きな倉庫スペースになっている。

中央の通路を挟むようにして左右には五段のスチール棚がズラリと並ぶ。

忘れ物があった日にちごとに、緑の大きな布袋に入れられてキレイに並べられていた。

私鉄では三日間保管した後、遺失物として管理は警察に移管される。

だが、警察権を有する鉄道公安隊をもつ國鉄では、こうした忘れ物承り所で三か月間保管することが出来るのだ。

天井には長い蛍光灯がいくつか吊られているが、背の高い棚に光が遮られて薄暗い。

部屋の中央まで歩いたガーラ係長は、振り返ってから両手を広げる。

「ここから後ろにある忘れ物は三か月の保管期間が過ぎていて、拾い主も権限を放棄しているものだから、明日来る業者に引き取ってもらうの」

警察や特例施設占有者と呼ばれる鉄道会社では、傘、衣類等の安価な物を始め、保管に費用を要するもの、拾い主が権利を放棄したものについては売却処分が出来る。

よって國鉄では忘れ物を、保管期間が過ぎると業者に売却するのだ。

棚に並んでいた大量の忘れ物に、小海さんは「うわぁ～」と口を大きく開く。

「三か月でこんなにも『忘れ物』って溜まるんですか～?」

ガーラ係長は棚に並ぶ緑の忘れ物袋を見ながら、ふぅとため息をつく。

「ここには首都圏四十六駅からの忘れ物が集まってくるんだけど、一日約千二百件は入ってくるからね……」

「一日で千二百件も⁉」

　ガーラ係長は呆れ顔で頷く。

「だから……三か月で約十一万個に膨れるのよ」

　俺も驚いてしまい口が少し開く。

「じっ、十一万個……。すごい数の忘れ物ですね……」

「しかも、落とし主が取りに来るのは……そのうちの三割くらいだけだし」

「ビニール傘なんて取りに行きませんからね……」

　あちらこちらの袋から飛び出していた透明なビニール傘を見ながら、俺は微笑む。

　俺達に向かって、ガーラ係長は振り返った。

「というわけで……。ここにあるものは國鉄の関連企業『國鉄リサイクル』で引き取ってもらうから、品物ごとにまとめてもらえる？」

　顔を見合わせた俺達は、覚悟を決めて『了解！』と返事する。

「じゃあ、男子は忘れ物袋を開いて中のものを作業テーブルに出してね。女子はまず傘だけを集めて五十本をビニール紐で束ねてくれる？　衣類はそこのダンボール箱いっぱいまで詰め込んでから封をして」

　ガーラ係長は大きな空のダンボールを指差す。

「任せとけ〜〜〜‼」

こういう作業にもなんらかの楽しみを見つけ出したらしい岩泉は、直径七十センチ、長さ一メートルくらいの円筒形の忘れ物袋をヒョイヒョイと両手で四つ掴む。

それを桜井、小海さん、氷見が待ち受ける作業テーブルの上にドスンと置き、口元を閉じていた白い紐をほどいてからガラガラと勢いよくぶちまけた。

「**うらぁ〜〜〜‼**」

袋の中からは色々なものが一気に飛び出してくる。

「しょうがないわねっ」

フンッと鼻を鳴らした桜井は、白手袋をした手で一つ一つ忘れ物を選り分けだす。

俺も岩泉に倣って忘れ物袋を運ぶことにする。

「よしっ、俺もやるか」

そこで棚にあった忘れ物袋の一つを持ったが、その瞬間にズドッと腕が下に落ちる。

「おっ、重っ！」

岩泉が片手で二つも持っていたからナメていたが、一つでもかなりの重みがあった。

「大丈夫？　高山君」

作業テーブルで忘れ物を選別しながら、小海さんが心配してくれる。

「ガハハハハッ。体を鍛えておかないと、こういう時に困るぞ、班長代理」

俺が一つの袋を必死に運んでいる横を、岩泉は四つの袋を軽々と持って追い抜いていく。

まるで筋トレでもやるように、岩泉は楽しそうに運んでいた。

「こんな時にしか困らねぇよっ」

俺は「くそっ」と気合を入れ直してから忘れ物袋を運んだ。

次々と作業テーブル上に袋を開いていくが、やはり一番多く出てくるのは、傘。

どんだけ列車や駅に、傘を忘れんだよ？

透明なビニール傘から始まって、骨組みのしっかりした高級そうな傘まであるが、とにかくその量が尋常じゃなかった。

そして、会社や商店の名前の入った袋や封筒が続く。

中に入っている書類は確認することなく、全て大型シュレッダーにかけて紙くずにする。

会社名やブランド名などが入った文房具、更に男女取り交ぜて衣類も大量に出てきた。

「どうして、これを忘れたのに、忘れ物承り所に取りに来ないのかしら？」

小海さんが首を傾げるような、珍しいものも続々出てくる。

変わったものとしてはバイオリン、テレビ、宝くじ、給与明細、新品の包丁セット、竹刀、携帯トイレ、入れ歯などが出てきた。

その時、桜井が珍しく悲鳴をあげる。

「きゃぁぁぁぁぁ!!」

「なんだ?」

俺が振り向くと、岩泉がぶちまけた袋の中からヘビのはく製が転がり出ていた。

悲鳴を聞いたガーラ係長は、動じることもなくはく製を右手で摘まむ。

「こういうものも割合落とし主が現れないのよ。わざわざ買ったはずなのにね?」

首を傾げながらガラクタ入れに放り込む。

最初は空だった箱も、知らないうちに満タンになりつつあった。

「きっと、列車や駅じゃない場所で『忘れた』と思っているんでしょうね」

俺がそう応えると、ガーラ係長はフンッと鼻から息を抜く。

「この前の廃棄物整理時は、ウェディングドレスとタキシードが出てきたのよ」

いったいその二人に何があったのか?

「結婚式で使ったけど、もういらなくなった……とか?」

「結婚式から花嫁を略奪して、國鉄を使って逃げたのかもね」

ガーラ係長がそう言いながら笑った。

桜井も氷見も作業を始めたら、なんでも競争し始めるクセがある。

そのため、あっという間に傘五十本を束ねた薪のようなものが量産されていく。

次から次へと開かれて、作業テーブル脇には空になった忘れ物袋が積み重なっていく。

傘はどんどんまとめられ、衣類の入ったダンボールがフロアに並ぶ。

まとまった物は俺と岩泉が台車に積み込み、回収業者がやってくる裏口のシャッター前へ運んだ。

ある時、とてつもなく重い袋に、俺は当たってしまう。

なんだよ⁉　この重さは……。

やっとの思いで作業テーブルに運んで袋を開くと、中からゴトッと重たいものが出てくる。

全員で覗き込むと、それは横五十センチ、縦三十センチ、厚み十センチくらいの丈夫そうなアルミ製の銀色のアタッシュケースだった。

それは保管されているうちについたものなのか、元々そういうものだったのかは分からなかったが、ケース全体に凹みやスリ傷がついていた。

岩泉がやってきて、ケースのハンドルを摑んで軽々と持ち上げる。

「なんだこりゃ？」

アタッシュケースを両手で持った岩泉は、耳を近づけてカシャカシャと揺らして続ける。

「なんか入ってんぞ、こん中に……」

「だったら開けてみないとダメじゃない？」

岩泉は桜井に聞き返す。

「開ける～？」

「だって中身が爆発物かもしれないし、違法薬物かもしれないじゃない」

忙しそうに傘の束を作りながら、桜井は呟いた。

「まぁ、また『爆発物』ってことはないだろうけどさ」

俺は岩泉の持っていたアタッシュケースに耳を向ける。

岩泉が勢いよく振ると、確かに中からカサカサと音が響いた。

いったい……何が入っているんだ？

「開けてみないと、爆発物かどうか分からないじゃない」

「確かに桜井の言う通りだよな。國鉄リサイクルさんに『得体の知れないもの』として手渡すわけにはいかないしな」

そんな話を近くで聞いていたガーラ係長は、思い出したように「あぁ～」と笑う。

「あった、あった。五月くらいに『列車内の忘れ物』で入ってきたのよ、そのアタッシュケース。だけど鍵が開かなかったから、そのままで保管していたんだけど～」

こうした忘れ物も國鉄で保管するが、鍵を壊してまで中身は確認しない。

そこで俺達を見たガーラ係長は、ニコリと笑って続ける。

「私達國鉄職員には権限はないけど、みんなは鉄道公安隊だから、鍵とかケースを破壊して中身を確認することが出来るわよ」

顔を見合わせた俺達は、改めて『おぉ～』と鉄道公安隊の警察的な権限に感動した。

「ぶっ壊していい」と聞くと、盛り上がる奴がいる。

「よっしゃ、開けてみようぜっ」

アタッシュケースを作業テーブルの上に置いた岩泉は、ウキウキと部屋の隅へと走って行く。

いやいやいや！　そう簡単に開けちゃっていいの⁉

俺には嫌な予感がしたのだ。

「待て、待て、待て！　危険じゃないのか⁉」

「きっ、危険なの⁉」

後ずさりした小海さんは、スルスルと頑丈そうな棚の向こうに身を隠す。

「だっ、だって……何が入っているか、まったく分からないんだろう？」

上半身を後ろへ倒しながら、俺は目を細めてアタッシュケースを見つめた。

すると、作業の手を止めた桜井が、腕を組んで側まで歩いてくる。

「危険って？」

「そっ、その……ほらっ、爆弾とかだったらさぁ～」

桜井は「はぁ」とため息をつく。

「三か月以上も爆発しない時限爆弾なんて、聞いたことある？」

「そっ、そういう爆弾を作る爆弾魔もいるかもしれないじゃないか」

心配になってきた俺の額から汗が流れだしたが、桜井は呆れるだけ。

「さっき見たでしょ？　岩泉がカクテルバーのバーテンダーのような勢いでアタッシュケースをシェイクするの」

「たっ、確かにそうだけど……」

「あんなに振っても爆発しなかったんだから、中身は爆弾じゃないわよ」

俺は唇を噛む。

「いや～振動に強い爆弾を作る爆弾魔だっているだろ？」

「高山は全てのものが『爆弾に見える』恐怖症なの？」

桜井はフフッと笑った。

そんな俺達の横を氷見がスルスルと通り抜けていく。

「バカに付き合って死ぬのはゴメンだからな」

「誰がバカよっ」

そのまま小海さんと一緒に、氷見は少し離れた棚の向こうへ避難した。

気がつけばガーラ係長も受付まで後退していて、口元に両手を立てて叫ぶ。

「ここで爆発させないでよ～～～‼」

中身は危険なもの派と、そうじゃない派にキッパリと分かれた。

「おっ、俺も離れていようかな～」

そんな俺の腕を桜井がガシッとひっつかむ。

「班長代理が現場から逃げてどうすんのよ？」

えぇ～⁉　俺が最も「中身が危険だ！」と思っている派なのに～～～⁉

そこへ長さ一メートルくらいの赤いバールを肩に引っ下げて、岩泉が笑顔で戻ってくる。

「こいつなら一発だぜ！」

一応、最大限の努力はしておく。

「おい！　岩泉。出来るだけ慎重になっ」

バールを振りかぶった岩泉は、白い歯を見せて笑う。

「そいつはムリだなっ」

「ムリってお前っ⁉」

俺の言葉を無視した岩泉は全身の力を込めて、曲がったバールの先端をケースのすき間に勢いよく叩き込んだ！

ガチン！

金属同士が当たる鈍い音に、俺は「ひっ」と声にならない声をあげて身を縮める。

だが、アタッシュケースは丈夫らしく、先端が少ししかめり込まなかった。

「わっ、割合丈夫だな……」

こんなに丈夫なケースに守られているところが、ますます怪しく思ってしまう。

何が入っているんだ⁉

俺は推理しようとしたが、岩泉は両腕に力をみなぎらせてバールを握り直す。

「こんなケースにナメられてたまるかぁ！」

俺の背中に冷たいものが走る。

「おいおい、ムリすんなって！」

顔を赤くした岩泉は僅かに刺さった先端をテコの原理で動かして、こじ開けようとする。

「チェストォォォォォォォォォォォォォ‼」

だが、まるで空振りするみたいに、アタッシュケースはパカンとアッサリ開いた。

「うおぉぉぉぉぉぉぉぉ〜」

力の行き場を失った岩泉は、バールを持ったまま一回転してフロアに派手に倒れた。

床に溜まっていたホコリが舞い上がり、煙のように周囲に広がる。

同時にケースからは、白い煙が周囲に向かってボワッと噴き出す。

「ぼっ、爆発する⁉」

俺は瞬時にしゃがみ込んだが、桜井は動じることなく煙を見つめていた。

「煙が下がっていくから、たぶんドライアイスみたいなもんじゃない？」

「ドッ、ドライアイス？」

舞い上がったホコリでコホコホ咳き込んだ桜井が、岩泉を見下ろす。

「何やってんのよ〜岩泉」

「なんか力をかける前に、アッサリ開いちまったんだよ」

ケツの汚れをはたきながら、岩泉はバールを杖にして立ち上がってくる。

恐る恐る立ち上がった俺は、右手で煙やホコリを左右に避ける。

「アッサリって……お前のバカ力で開いただけだろ？」

既にケースからの白い煙は止まっていた。

「そっ、そうか〜？」

岩泉は納得していないようだった。

「とりあえず、爆発はしなかったようだな」

俺がホッとしていたら、桜井は「当然」って顔をする。

「当たり前でしょ」

安全と分かったので、氷見も小海さんも作業テーブルまで戻ってきた。

そこで、開いたアタッシュケースの中を全員で覗き込む。

すると、中には分厚い漫画雑誌くらいの大きさで岩泉の特大弁当よりぶ厚い、薄いグレーのプラスチックのような塊が入っていた。

パッと見た感じでは、まったく何か分からない。

「何、これ？ 何かの部品かしら？」

小海さんが不思議そうな顔で見つめていたら、桜井がつまらなそうに答える。

「素材のサンプルなんじゃない？」

表面にはロゴや型番など、何も書かれていない。

「人騒がせな忘れ物だな〜」

俺は鼻からフンッと息を抜きながら呟いた。

「なんでこんなプラゴミを頑丈なアタッシュケースに、大事そうに入れてあったんだ〜？」

片手で軽く持ち上げた岩泉が、プラスチックの資源ゴミ箱に叩き込もうとした時だった。

氷見がハッとして声をあげる。

「ちょっと待て、岩泉！」

反射神経の良い岩泉は、離す直前にピタリと右腕を止めた。

「なんだよ？　氷見」

近寄った氷見は、岩泉の手からプラスチックの塊を取り上げる。

そして、目を近づけながら呟く。

「これ……ノートＰＣだぞ」

「それノートＰＣなのか？」

岩泉が聞き返したら、小海さんが指を五センチくらい開く。

「ノートＰＣって、そんなに厚みがある？」

「これは、かなり昔のノートＰＣだ」

氷見が慣れた手つきで前面のスライドスイッチを触ると、カシャって小さな音がした。

その瞬間、グレーの塊が真ん中から分かれて、上には液晶ディスプレイ、下にはキーボードが現れた。

それでやっと俺にも理解出来た。

「本当だ、これノートＰＣだったんだ……」

氷見はクルクルと回しながら電源スイッチを押したりするが、バッテリーは完全に放電されているらしく、まったく反応することはなかった。

「ここについているのは～３・５インチフロッピーディスクか～。今時レトロだなぁ」

おもちゃを見つけたみたいに氷見は楽しそうにノートＰＣを触り始める。

だが、すぐに真剣な顔になって「ウ～ム」と唸りだした。

「……なんだ？　この外装は……ダミーじゃないのか？　これは……いったい」

そこへ戻ってきたガーラ係長が「あぁ～」と声をあげる。

「ノートＰＣもリサイクルするから、テレビなんかと同じ場所に置いておいて」

すると、氷見はノートＰＣを持って、ガーラ係長に真剣な顔で頼み込む。

「ガーラ係長、こちらのノートＰＣを調べさせて欲しいのですが！」

俺の顔を一度見たガーラ係長は、肩を上下させる。

「どうせリサイクルに出すだけだから。いいわよ、鉄道公安隊へ持って帰っても」

「ありがとうございます！」

丁寧に頭を下げた氷見は、ノートＰＣを脇に置いて作業を再開する。

そこで俺達もそれぞれの仕事に戻って、忘れ物整理を続けることにした。

02　古いノートＰＣ　場内進行

班長代理の俺は、最後まで忘れ物承り所に残っていた。ガーラ係長と書類の整理をしなくてはいけなかったからだ。

全ての手続きを済ませて北自由通路から鉄道公安室に戻ったら、入口を入ったすぐのところで学校の制服に着替えていた桜井と小海さんとすれ違う。

桜井は茶の縁取りのついたクリームのワンボタンジャケットを上に着て、赤系のチェックのミニスカートに黒のパンスト姿。

小海さんの方は大きな胸の上にピンクのリボンのある短いタイプの深緑のジャケットに、白いフリルが裾についた膝丈の同色スカート。

俺もそうだが東京中央公安室へ出勤する時は「学校の制服で」と決まっているのだ。

「高山君、お疲れ様。お先に〜」

小海さんがすれ違いながら、チョコンと頭を下げる。

「あぁ、お疲れ、小海さん」

学生服の時は敬礼したり答礼を返したりせずに、いつも軽く手をあげる。

横を通りながら、桜井は振り返る。

「明日は鉄道テクノロジー展よね？　高山」

「そうそう、ここで着替えてから行かなきゃならないから、いつもより少し早めだぞ」

「わかっているわよっ」

右手をパッとあげて桜井は続ける。

「じゃあね、高山」

「お疲れ、桜井」

丸の内北改札口へタタッと飛び出していく桜井と小海さんを俺は見送った。

二人が見えなくなってから俺は公安室内を歩き出す。

受付から第一捜査班、第二捜査班、第三警備班と並ぶスチール机を左手に見ながら、部屋の右側に作られている通路を歩いていく。

その途中で黒い詰め襟学生服の岩泉と会ったので、パチンとハイタッチですれ違う。

「お先っ、班長代理！」

岩泉は仕事の時よりご機嫌だった。

「なんだか楽しそうだな」

ヘッと笑った岩泉は、出口へ向かって楽しそうに走り出す。

「おうっ、これから札沼と東京駅地下街にあるイタリアンで、食い放題だからよっ」

また一軒の店が経営難に陥るのかと思うと大変申し訳ないが、相変わらず札沼とは楽しそうに付き合っているのは微笑ましかった。

岩泉の走って行く東京鉄道公安室の出口をよく見たら、俺と同じ高校の女子制服を着た札沼が待っていて、こっちへ向かってジャンプしながら手を振っていた。

(高山く～ん‼ お疲れ様～～～‼)

って口パクしているのは、なんとなく伝わってきた。

なので、俺も笑顔で手を振り返しておいた。

札沼は俺と同じ桐生鉄道高校のクラスメイトで、就職は國鉄のアテンダント志望。

寝台特急北斗星で起きたアテラの「ベルニナ王子誘拐未遂事件」(鉄道公安隊の記録からは抹消済)の際に、食堂車でアテンダント研修をしていた札沼を、岩泉が守ってあげたことがあった。

それで、札沼は岩泉のことを気にいったらしい。

二人の関係が今はどうなっているのかは知らないが、時間が合う時は「一緒によくご飯を食べている」ってことは、札沼からも聞いていた。

俺は倉庫のような警四のスペースへ戻ったが、飯田さんは会議に出ているのか席にはいなかった。

「お疲れ～」

それでも声をかけたのは、一番手前の席に氷見が残っていたからだ。

氷見は鉄道公安隊の制服のままで、例のノートＰＣをいじくっている。

周囲には氷見がいつも持ち歩いているタブレットやテスター、精密ドライバーなどの工具や機器が広がっていた。

忘れ物承り所からもらってきたアダプターを改造して、うまくノートＰＣの電源ジャックに挿せるようにしている。

更にあまり見たことのない太いケーブルがノートＰＣには六本くらい挿されていて、まるで蘇生を待つフランケンシュタインのようになっていた。

その前にいた氷見は、あまりにも集中し過ぎていて、俺が声をかけても応えない。

キーボードをカチカチ叩いては、ディスプレイを注視したままブツブツつぶやいている。

いつも無表情な氷見だけど、今日は少年のように楽しげな表情をしているように見えた。

やっぱり……こういうことが好きなのか？

氷見はインターネットやＰＣに詳しく、その実力は同期の中でもずば抜けている。

きっと、ＩＴ関連企業を受ければ、すぐにでも内定がもらえるはずだ。

だが、國鉄はあまりにもＯＡ化に立ち遅れていて、氷見の才能が活躍するようなチャンスは少ない。

見た感じだと、しばらく俺に気づきそうにない。

「だったら……」

すぐに近くにある廊下に出て、俺は突き当たりの喫煙所まで歩いた。

タバコのヤニで元々は白い壁が琥珀色になっている喫煙所には、第二捜査班長の奈良班長が「國鉄ベンダー」と社名の入った真新しい白いベンチに座っていた。

「君らも、ほんまにおそまで、よう働くなぁ～」

タバコを挟んだ右手を左右に振りながら微笑む。

「まだ入社が決まっていませんからね」

微笑んだ俺は國鉄関連会社が納品している飲料自販機に硬貨を入れ、冷たい「0系新幹線コーヒー」と書かれたボタンを二回押した。

「入社したらしたで、またぁめっちゃ働かなあかんねんでぇ～」

奈良班長がフッと笑うと、口から白い煙が立ち上る。

「入社したら……もっと気楽にやりますよ」

奈良班長は「なるほどなぁ。それも一つや」と笑った。

俺は取り出し口にあった二本の缶コーヒーを持って警四に戻る。

そして、氷見の邪魔をしないように、普段は桜井が使っている机にそっと座った。

俺が近くに座って横顔を見つめていても、まだ氷見は気がつかない。

カチカチとキーボードを打っていると、ヒュウウンとファンの回る音が響き出す。

起動音を聞いた氷見は、子供のように目を輝かせる。

へぇ～氷見ってこういう表情もするんだな……。

少し驚きながら、そんなことを思った。

そして、人に対してはあまり笑顔を見せない無表情な氷見が、PCに対しては楽しそうな顔で接しているのが、とてもかわいく見えた。

「よしっ、これで立ち上がるはずだぞ」

今まで真っ暗だった画面には、白い文字がズラズラと素早く表示されてはスクロールを始め、次々にプログラムが走り出したようだった。

少し潤んだ氷見の大きな瞳に映るノートPCの画面がキレイに見えた。

起動したことでフッとため息をついた氷見は、そこでやっと俺に気がつく。

「たっ、高山⁉」

こっちを向いた氷見の頬は赤くなっていた。

俺は座ったままで、右手をあげて微笑む。

「よっ、お疲れ、氷見」

「戻っていたなら、声をかけろよっ」

頬を赤くしたままで、氷見は口を尖らせる。

「いや、声かけたんだけどさぁ〜」

「そっ、そうなのか？」

集中していた氷見は、まったく気がついていなかったようだった。

そこで缶コーヒーを氷見に差し出す。

「改めて、お疲れさん」

「あっ……ありがとう」

氷見は遠慮がちに缶コーヒーを受け取り、すぐにカチャとタブを引っ張った。

俺も片手でタブを開いて、喉にコーヒーを流し込む。

すると、コーヒーとミルクの混じった香りが鼻を抜けた。

疲れた体には、少し甘い缶コーヒーが心地いい。

「そういうの好きだよな、氷見」

俺は古いノートPCを指差す。

「あっ、あぁ……」

コーヒーを飲みながら呟いた氷見は、両手で挟んで缶コーヒーを回すように動かす。

「壊れている機械は……なるべく直してやりたくて」

「直してやりたい？」

俺が聞き返すと、氷見はディスプレイを見ながら呟く。

「自分は好きじゃないんだ……。『壊れたら、すぐに捨てる』っていうのが……」

コーヒーを少し飲んだ俺は、ノートPCを見つめる。

「だけど、それが直ったところで、結局はリサイクルショップか、資源ゴミになってしまうんじゃないのか？　氷見だって最新のタブレットを使うんだろう？」

自分のタブレットを見ながら、氷見は呟く。

「そうかもしれないけど……な」

ファンの音が大きくなってきたノートPCを、氷見は優しくなでながら続ける。

「それでも……スクラップになる瞬間まで、なるべく『動ける状態だった』って方が、PCにとっては『幸せなんじゃないか』って思ってしまうんだ」

氷見には機械に対する、何か独特の想いがあるような気がした。

天井を見上げて少し考えた俺は、顔をおろしてニコリと笑う。

「確かになっ。その気持ち、分からなくもないよ」

そう言った俺を、氷見は意外そうな顔で見た。

「……高山」

「例え、車両が廃車になるとしても、その前日までは元気に走っていて欲しいもんな」

「鉄道に例えると、分かったのか？」

呆れた氷見は、ほんの少しだけ右の口角をあげた。

「そうそう。いつも思うけどさ『保存車両』なんて言って、野外に展示していた車両が塗装も内装もボロボロになっているのは見るのも辛いし、あげくに管理している市町村から『廃棄したい』とか言われているのを聞くと胸が痛むよ」

「なんか違うような気もするけどな……。まぁ、そういうことだ」

俺はコーヒーを喉へ流し込みながら、氷見に向かって微笑んだ。

その時、ノートPCからピッという音がする。

缶コーヒーを飲んでいた氷見は、嬉しそうに「よしっ」と声をあげる。

テーブルに缶コーヒーを置いて、ディスプレイを見た氷見は目を細めた。

「なんだ？　パスワードか？」

面白そうだったので、俺は椅子に座ったまま氷見の後ろへ移動して画面を覗き込む。

ディスプレイにはエメラルドグリーンにキラキラ輝く、どこか南の海のサンゴ礁のような画像が画面一杯に表示されていた。

その一角に入力欄が開いていてカーソルが点滅している。

そして、その上には[What is my name]と英語が書かれていた。

「『私の名前はなんですか』って……こういうパスワード入力形式なのか？」

自分のタブレットを持った氷見は、ケーブルを接続しようとしながら呟く。

「パスワードの解析となったら、今日中にはムリかもしれないな……」

首を捻りながら作業を始めた氷見の背中から、俺は声をかける。

「パスワードじゃないんじゃないか？　それ」

ＰＣに詳しい氷見は、ド素人の俺を見て「何言ってんだ？」って目で見上げる。

「だったら、なんだっていうんだ？　高山」

「なんて言ったらいいのか分からないけどさ。ほらっ、生まれたばかりの子犬を見せられたような状態でさ『私に名前をつけてくださ～い』みたいな」

はぁ～と長いため息をついた氷見は、呆れた感じで呟く。

「こんな古いノートＰＣが、そんな初期状態であるわけがないだろ」

「そっ、そうか？」

「それに初期状態のパソコンが『自分に名前をつけてください』なんて聞いてこないだろ」

氷見がキュルキュルと椅子を横へズラして、ノートＰＣの前を開ける。

「だったら、高山が名前をつけてやれよ」

「じゃ、じゃあ……」

俺は足でこいで座ったまま前に進み、ノートPCのキーボードの上に両手を構える。

そこでフッと考えた。

「このノートPCはアメリカ製かな？」

「よくわからないけどな。まぁ絶対に日本製じゃないよ」

氷見は「絶対に失敗するぞ～」的な目で、コーヒーを飲みつつ余裕の顔で見つめている。

「じゃ、アメリカ人ってことで……」

俺はアメリカの特急列車の名前で知っていたものを、一文字ずつ打ち込むことにする。

「C（シー）・R（アール）・E（イー）・S（エス）・C（シー）・E（イー）・N（エヌ）・T（ティ）」

「クレセント？」

「そういう名前の特急列車が、アメリカで走っているんだ」

氷見は「ふぅ～ん」と呟きながら、残っていたコーヒーを飲み干す。

「じゃあ、それでいってみるか！」

白くて細い右手をすっと伸ばした氷見が、キーボードの右端にあった「Enter」キーをパチンと勢いよく叩く。

すぐにエラー音でも鳴るかと思った。

だが、意外なことに、画面がプツンと真っ暗になってしまった。

「あれ？ 画面が消えたぞ」

氷見は小さなため息をつく。

「やれやれ……せっかく～」

「別に今ので壊れたわけじゃないだろ？」

たぶん、あれで壊れるなら、もう寿命のＰＣだっただけだ。

氷見が俺の前に首を突っ込んで、体をくっつけるようにしながら両手を伸ばす。

何か反応するキーはないかと、氷見は色々と押し始めた。

「きっと、パスワードを間違えたら、立ち上げ直さなくちゃいけないようになっているんだ」

いつもボーイッシュだから気にしないが、氷見も女子だから髪からいい香りが漂う。

そのままだと気になってしまうので、少しだけ上半身を後ろへ引く。

「そっ、そっか……。じゃあ立ち上げ直しだな」

「そうだな」

どのキーも受け付けないので、氷見が電源ボタンに手を伸ばそうとした時だった。

何かさっきまでとは違う大きなファンの音が響きだし、カチカチカチと今まで聞いたこともなかった音がノートＰＣから鳴り出す。

一瞬、何か「Ｇ」を崩したようなロゴが表示されたが、すぐに消えて見えなくなった。

「なんだ？」

氷見と顔を並べて、俺は一緒にディスプレイを見つめた。

すると、再び画面が明るくなってきて、薄っすらと見えるようになってくる。

「なんだ？　どこかの部屋か？」

画面の真ん中に栗色の山のような塊があって、周囲には白を基調としたかわいらしい感じの家具が並ぶ、どこかの部屋の中が映っているようだった。

その時、栗色の塊が真ん中からスッと分かれ、極細の縦ラインがサラサラと流れ出しだして合間からは肌色のものが見えだす。

そして、次の瞬間、俺は目が点になった。

栗色の塊がクルンと回ったかと思ったら、同じ歳くらいの女子の顔が現れたからだ！

「なっ、なんだ⁉」

さっき見えた肌色は女子の背中だったらしく、どうも上に何も着ていないようだった。

こっ、これはどこかのＰＣのカメラに、ネットワークを介して繋がったか⁉

まだ女子の方は、こちらに気がついていないよう。

だから、不用意に体をこっちへ向ければ、今は長い髪が隠している胸なんかがバッと見えてしまいそうだった。

俺はサッとディスプレイから目を反らし、氷見の横顔を見つめる。

「おいおい！　どこかのPCに繋がっているぞ！」

「そっ、そんなバカな。ネットワークには、まだ繋げていないぞ！」

氷見は少し焦ってキーボードをカチカチと叩いたが、画面はまったく変化しない。

俺は鉄道公安隊員だが、単なる高校二年生男子としては普通に気になる。

全裸で部屋にいる女子のPCカメラに繋がったのだから！

「ひっ、氷見……なっ、接続を切らないと……」

俺はディスプレイをチラチラ見ながら呟く。

その時、画面の中の女子も回転する椅子に座っていたらしくクルンと回って見せた。

うわっ、ヤバイ！

一瞬緊張感が走ったが幸いにも胸元や腕が見えるだけで、形の良さそうなバストはギリギリで見えなかった。

心の中でため息をついていたら、氷見が怒ったような顔で俺を見る。

「高山！　何見てんだっ」

「みっ、見てない！　見てないって。こんなの不可抗力だろ。それよりも回線が切れないいんだったら、もう電源を落したらどうだ？」

「さっきからやっている。だが、切れないんだっ」

氷見は怒りながら画面を消そうとする。

だが、電源ボタンも含めて操作をまったく受け付けない。

「どういうことだよ⁉」

「わっ、分かるかっ」

俺達が電源を落そうと四苦八苦しているうちに、女子がグッとカメラに寄ってくる。

ディスプレイに顔を大きく映した女子は、前髪を自分でチェックしだす。

「ちょっと切り過ぎちゃったかな？」

ちゃんとマイクも繋がっているらしく、スピーカーから透き通るようなアニメ声が響いた。

そこでニヒヒと笑った女子は、一歩一歩後ろへ下がり始める。

これはヤバイぞっ！　ヤバイぞっ！　そんなことしたら……全裸が見えてしまう！

話したこともない女子のそんな姿を見ることになるかと考えると、いつもとは別な意味で
心臓がドクンドクンと高鳴り、俺は思わず唾を飲み込む。

こっ、これは……その……不可抗力だからなっ！

言葉に発することなく、自分で自分の頭を納得させる。

別に悪いことをしているつもりはないが、周囲に誰も来ていないか首を回す。

こっ、これはひょっとしたら⁉　ひょっとするぞ〜〜‼

こうなると、高校二年生回路の方がギュンギュン働き、体全体が熱くなってくる。

俺はディスプレイを右の人差し指で指す。

「ひっ、氷見！　なっ、なんとかしないとっ。こっ、この子がかわいそうだよね⁉」

色んな気持ちが交錯して、訳の分からないことを口走ってしまった。

「あっ、あぁ〜ん？」

氷見が疑うようにギロリと鋭い目で見る。

「そっ、そうじゃない？　だっ、だって……このままだと全――」

その瞬間、氷見は俺のセリフに被せるように、嫌そうな感じで大声をあげる。

「じゃあ、今すぐ高山は目を瞑れ！」

「えっ⁉　えっ⁉　どういうこと⁉」

意味が分からなかった俺がポカーンとして聞き返したら、氷見が冷静に答える。

「自分は女だから、女子の裸を見ても問題はない」

「あっ……あぁ〜そういうことね」

心の中に芽生えた「惜しい」という気持ちが、言葉に乗って口から出ていた。

「だ～か～らっ！　高山が目を瞑ればいいだけだろっ」

怒ったように言った氷見は、胸の前で腕を組んでフンッと鼻から息を抜いた。

「そっ、そうか……そうだよな。あぁ……そうするよ」

俺は「もったいない」という気持ちを押し殺しながら、全ての理性を注ぎ込んでギュッと両目を閉じた。

真っ暗になると、まだ見たこともないディスプレイの中の女子のすごい姿が頭に浮かんだ。

目を瞑って十秒も経たないうちに、氷見のすっとんきょうな声が聞こえる。

「あっ、あぁ～～～ん⁉」

「どうした、氷見？」

俺が目を瞑ったまま聞くと、氷見がさっきとは違うことを言い出す。

「高山、目を開いていいぞ」

えっ⁉　いいの⁉　だって、こんな短い時間じゃ服は着られないだろ⁉

そんなことを心の中で思いつつ氷見に確認する。

「ほっ、本当にいいのか？」

「あぁ、大丈夫だ」

俺は瞼から力を抜き、パッと目を開いてディスプレイを見た。

PC

「**えええええ!?**」

　驚いた俺は、思わず声をあげてしまった。

　それは不思議なことに、女子が上には白いブラウスを着て、腰のところがキュと絞られた紺のコルセットスカートを着ていたからだ。

　かわいい女の子らしい部屋の中で全身を映している女子がクルンと回ると、腰の後ろ側で結ばれていた紐がリボンのようになっているのが見えた。

　身長は目測だが、だいたい百六十センチといった感じ。

　動くたびに柔らかそうで長いキラキラ光る栗色の髪が、サラサラと左右に動いた。

　白くて小さな顔には大きくて少しタレている大きな瞳がある。

　目の上には細いペンでサラッと書いたような眉毛があって、ぷくっとした唇には薄いピンクルージュが引かれていた。

　きっと、クラスに入ればダントツで男子人気一位になるようなかわいさだった。

「**えっ!?　えっ!?　どういうこと!?　どういうこと!?**」

　見たこともない早着替えに驚いていた俺を、氷見は呆れたような目で見る。

「分からん。アップの時には何も着ていなかったが、カメラから離れていったら、こうしてちゃんと服は着ていたんだ」

歌舞伎役者も驚く早着替え……いやいやいや、そんなことに驚いている場合じゃない！

女子が服を着てくれたことで、俺にも理性が戻ってくる。

「氷見、もうアダプターを抜こう」

すぐにPCから電源ケーブルを引き抜く。

「しばらくはバッテリーで持つぞ……こうなっても」

「それでもいいよ。このままじゃさすがにまずいだろ。鉄道公安隊員ともあろうものが、知らない女子のPCのカメラを使って覗いていたなんて……」

さっきの心の中のことは忘れて言ったら、氷見がジト目で見つめ返す。

「本当にそう思っているのかぁ～？　高山」

「もっ、もちろんだともっ」

しっかり頷いて答えたが、あまり氷見には伝わっていないようだ。

「まぁ、それはその通りだな」

その時、女子がカメラに向かってタタッと走り寄ってくる。

そして、バストアップくらいのサイズで映るようにした。

そんな画面越しでもアイドルのような顔のかわいさと、桜井や小海さんと張り合えるようなプロポーションの良さが十分に伝わってくる。

すごいかわいい子だなぁ～。タレントをやっているんだろうか？

ディスプレイの女子に見とれていたら、なぜか反応するみたいにニコッと微笑み返す。

うん？　なんだ？

目を擦った俺は、女子とキッチリ目を合わせた。

女子は右手をあげてクイクイ左右に振る。

《ちゃんと見えているよ～。そこの制服姿の男女二人組の人～～～》

その瞬間、ビクッとなった俺と氷見は、顔を見合わて額から冷や汗を流す。

もっ、もしかして⁉　こっちのカメラの映像も向こう側に流れている～～～⁉

そのカメラが生きているかどうかは分からなかったが、ノートＰＣのディスプレイの中央には、あとからつけられたと思われる超小型カメラがあった。

女子がこちらを覗き込むようにする。

《う～んとっ。ここはどこですかね？》

ノートＰＣからは透き通るようなアニメ声が、さっきよりハッキリ聞こえてきた。

とりあえず謝るのが先だ！

「すっ、すみません！　忘れ物のＰＣを触っていたら、勝手にそちらのＰＣと繋がってしまって……。すっ、すぐに電源を切りますので！」

俺は焦りつつ必死に言ったが、なぜか女子は戸惑うこともなくクスクス笑っている。

《あぁ～東京駅の東京中央鉄道公安室にいるんですねぇ～》

えっ⁉　どうして分かった⁉

確かにカメラに映った室内を見たら分かるのかもしれないが、どこのオフィスにもありそうな無機質な白い壁と、オフィスデスクと椅子くらいしか見えていないはずだ。

そこで、俺は自分の服装に気がつく。

「そっ、そっか。この制服を着ていれば分かっちゃうか～」

俺がアハアハとあいそ笑いしたが、女子は微笑みながら変なことを呟く。

《質疑応答。いえ、現在の緯度と経度をデジタルマップに当てはめれば、特定は簡単です》

「緯度と経度をデジタルマップに～？」

さっきから女子は、まったくＰＣやスマホを触っているようには見えない。

だけど、俺達がどこから見ているのかを、瞬時に探り当てたようだった。

占い師に言い当てられたような、誰かに騙されているような、なんだか変な気がする。

なんだ？　この感じたことのない違和感は……。

半年近くの鉄道公安隊での生活で鍛え抜かれた体中の感覚が、何か「おかしい」ものを捉えているが、それが何かはハッキリ分からなかった。

まだバッテリーも切れないので、仕方なく俺はディスプレイに向かって話しかける。

「ＰＣに、とてもお詳しいんですね」

右手をあげた女子は、照れながら左右に振る。

《いえいえ、三百二十六日と三時間前に始めたばかりでぇ～》

「三百二十六日と三時間前？　また細かく覚えているんだなぁ～」

その時、それまで両腕を胸の前で組んだまま、じっと黙ってディスプレイを見つめていた氷見が、鋭い目つきですごいことを呟く。

「高山……それＣＧだぞ」

底抜けに驚いた俺は、ディスプレイからも、氷見からも離れるように飛び退いた。

「えっ、えええええええええ!!　これがコンピューターグラフィックス～～～!?」

俺はのけ反るくらいに驚いたが、ディスプレイの中の女子はフフッて微笑んでいるだけだった。

「そうだよな？」

氷見に聞かれた女子がしっかり頭を下げると、栗色の髪が一本一本サラサラと流れた。

とてもじゃないけど、リアル過ぎてCGには見えない。

《質問返答。はい、私はCGによって作り出されたキャラクターですよ》

「キャ、キャラクター!?　きっ、君が――――!?」

まったく信じられなかった俺はディスプレイを両手でガシッと掴む。

そして、顔をギリギリまで近づけて、穴が開く勢いでジッと女子の顔と体を見つめた。

「最近のCGはすげぇな！　てっきりどこかの女子の部屋にあるPCのカメラに『繋がってしまった!?』と思っていたよ」

女子は胸を隠すように、両手を前で組んで体をよじる。

《いやぁ～ん。そんなに見つめられたら恥ずかしいで～す》

「あっ、ゴメン！」

俺がディスプレイから離れたら、氷見が目を細める。

「なにPCに謝ってんだ、高山」

「あっ、そっか……そうだった」

「それはCGだって言ったろ？」

あまりにもリアルな映像に、俺は思わず飲み込まれていた。

ディスプレイに映し出されていた女子の映像は、まるでカメラで撮った実写のようであり、体の動きなんかもまったくカクカクしていなかったからだ。

俺の肉眼では絶対に判別がつかないレベルだった。

《最新のCGはカメラを通した映像なら、簡単には実写と見分けられないと思いますよ》

確かにハリウッド映画なんかを見たら「どこまでが実写で、どこまでがCG？」なんてことも思うから、今ならこうしたことも可能なのかもしれないが……。

その前に、もっと不思議なことがある！

「てか⁉　どうして俺達と普通に会話が出来てんだ⁉　これPCってことなんだろ⁉」

氷見が冷静に答える。

「たぶん、AIだ」

「AI？」

ディスプレイの中で女子が微笑む。

《正解で〜す。最近ニュースなんかでもよく聞く『人工知能』ってやつですね》

AIが自分で「人口知能」と説明するのも、なんだか変な感じがする。

「最近だと、スマートスピーカーとかに搭載されているようなやつだな」

氷見に指を差しながら、女子が「そうそう」と頷く。

「AIって言うけどさ。今の技術で滑らかな会話が出来るものなのか？」

俺が疑ったら女子は真顔になって、抑揚のない感じで呟く。

《すみません。よく分かりません》

突如、スマートスピーカーのような対応になった。

「今までペラペラ会話してたろっ」

氷見に言われると、今度は自分の咽にコツコツ右手を当てながらしゃべりだす。

《ワタシワ　コンピューター　ニュウリョク　ヲ　ドウゾ》

「それは宇宙人だろ」

俺がディスプレイに突っ込むと、ちゃんと反応して「あたっ」と額をおさえる。

《そういう方がお好きでしたら、そうしますよ》

女子はいたずらっ子のようにニヒヒと笑う。

そこで、氷見がグイッと前に出る。

「ということは……スマートスピーカーみたいな使い方が出来るのか？」

《ええ、それくらいでしたら、すぐにでも出来ますよ～》

そこで「あぁ～」と、氷見は言葉に詰まる。

「君のことは、なんて呼びかければいいんだ？」

女子は俺達の顔を見てニコリと笑う。

《C・R・E・S・C・E・N・T……クレセント。そう名づけてくれたじゃないですか》

「おぉ～そういうことか！」

さっきの入力したものが、女子の名前になっていた。

「クレセント。音楽を流せ」

《いいですか？　そちらの男子も》

クレセントに見つめられた俺は、軽い感じで返事する。

「あぁ、いいよ。音楽を聞かせてくれ」

《アクセス許可確認。三秒お待ちください》

どこからともなく透明のキーボードを取り出したクレセントは、たぶん、そんなことは全然関係ないと思うが、カチカチと打つふりを始めた。

そして、《2・1》とカウントダウンし呟き終える。

《では、プレイリストから、よく聞いている曲を再生します、高山直人》

「あっ、うん」

その時はサラリと聞き流したが、驚いたことが起こる。

ジャンというＢＧＭと共に、鹿島乃亜（かしまのあ）がボーカルを務める「ｕｎｏＢ（ユーノビィ）」の曲が、

《遥か～なレールの彼方へ～～～♪　私は！　今、行きたい――――!!♪》

と鳴り出したのだが、それはノートＰＣからではない。

俺のポケットに入っていたスマホからだった！

氷見と顔を見合わせた俺は、

「えええええええええええ!?」

と、一人で思いきり叫ぶ。

ＡＩだかなんだか知らないが、突然自分のスマホを操作したことに驚いたのだ。

氷見は興味深そうな目をして「ほぉぉ」と頷いている。

《音楽をかけて欲しいとのことでしたので、高山直人のスマホから流しました》

クレセントは当然のことのように微笑んでいる。

「いやいやいや！　ちょっと待て～～い!!」

スマホを取り出しつつ、俺は焦りながら言った。

《どうかしましたか？　高山直人》

画面ロックを解除しようとするが、スマホが操作をまったく受け付けない。

「どっ、どうして俺のスマホを遠隔操作出来たんだ!?」

《ちゃんと許可は取りましたよ》

「そういうことじゃない！」

《では、音楽を止めますか？》

「クレセント、音楽を止めてくれ！」

《了解しました》

クレセントが自分の前にあった透明のキーボードのボタンを押す。

すると、音楽が止まって俺のスマホの画面ロックが解錠された。

突然のことに噴き出した汗を、俺は白手袋で拭う。

「どっ、どうして⁉　そんなことが出来るんだ⁉」

「質問返答。そんなことはスマホにアクセスすれば簡単です、高山直人」

クレセントはアッサリ言ったが、俺は少し怒りながら言い返す。

「そんな訳ないだろっ」

「解説了解。スマホの画面ロックパスワードなら、たったの六桁です。テンキー入力欄には過去の履歴が残っていますので、すぐに数パターンに絞り込むことが出来ますよ～」

なんかもの凄いことを言ったクレセントは、自慢気な顔でニコニコ笑っている。

氷見は笑みを浮かべながらボソリと呟く。

「つまり……ハッキングか」

氷見に向き直ってから、俺はクレセントに聞き返す。

「ハッ、ハッキングだと⁉」

《まぁ～私はＰＣですのでぇ～『高山直人のスマホとお友達になった？』そんな感じでしょうか～》

クレセントはウフフと笑っていた。

俺はハッキング方法についてはサッパリ分からなかったが、とりあえず、何か悪いことをされたことだけは分かった。

そこで俺は、もう一つの重大なことにも気がつく。

「あっ、そうだ！　どうして俺の名前を知ってんだ⁉」

なぜかクレセントは少しだけ頬を赤くする。

《それは～スマホの中のデータを、全て見させてもらいましたから～》

「**なっ、なに～～～⁉**」

俺が天井に向かって叫んだのは、スマホを使って検索した、あんなことやこんなこと、そういうもののネットショップからの購入履歴なんかもあったと思ったからだ！

俺がスマホでやっていた全データが、瞬時に見られてしまったということか⁉

それはここで全裸になるより恥ずかしい。

思わずゴクリと唾を飲み込む。

俺の恥ずかしさを見越したらしい氷見は、冷たいジト目で俺をギロリと見つめる。

「高山……クレセントに見られて恥ずかしいデータが、スマホにあるのか？」

今までの中の最高スピードで、俺は顔を左右にギュンギュン振る。

「ないないない！　そんなもんは断じてないぞ、氷見！」

焦り過ぎて変な言い方になった。

「本当か～？」

そこで氷見はディスプレイを見て続ける。

「クレセント、高山のスマホの深夜22時以降に検索した、映像のワードを教えてくれ」

なんちゅう恐るべきピンポイントをついてくる⁉

クレセントがニヤ～と笑う。

《質問了解》

「コラコラ！　クレセント止めろ！　いや、止めて～～～」

目を潤ませた俺は、氷見の後ろから両手を大きく左右に振った。

一瞬、キーボードを触りかけたクレセントだったが、すぐに真顔になって抑揚のない声で呟く。

《すみません。よく分かりません》

そんな対応に氷見は改めて「ほぉぉ」と感心する。

俺は心の奥底からホッとして、思いきり大きなため息をついた。

「ハァァ〜〜〜。ありがとう、クレセント」

《どういたしまして、高山直人》

そこで俺はクレセントにお願いする。

「その高山直人って呼び方は、止めてくれないか？」

再び元の感じに戻ったクレセントが笑顔で聞く。

《では、なんと呼んだらいいですか？》

「みんな『高山』って呼んでいるから、クレセントもそれでいいよ」

クレセントはキーボードを取り出す。

《名称変更了解。Ｔ・Ａ・Ｋ・Ａ・Ｙ・Ａ・Ｍ・Ａ……高山でいいですか？》

「あぁ、それでいいよ」

俺は知らないうちに、ディスプレイの中のクレセントに笑いかけていた。

「高山……それＡＩのＣＧだぞ」

「おっ、そうだった！」

氷見に言われなければ、俺はそのまま気にせずに友達みたいに話していたところだった。

俺だってディスプレイに表示されているものはＣＧで、どこかのプログラマーがプログラミングした、すごいＡＩと話をしているのは理解出来ているんだ。

これはＶＲゴーグルをつけたら高層ビルや、襲ってくるゾンビが本当に怖く見えるようなものなのだ。

人間は視覚と聴覚に違和感がないと、知らないうちにのめり込んでしまうものらしい。

特にクレセントの場合は、人間同士よりも高いコミュニケーション能力を持つ会話プログラムを有しているようで、すぐに現実との区別を忘れてしまう。

本当に……ＡＩなのか？

俺はディスプレイの中で、楽しそうに微笑んでいるクレセントを見ながら思った。

クレセントはチラリと氷見を見る。

《そちらの女子は『氷見さん』でいいですか？》

氷見は「困ったやつだな」といった感じでため息をつく。

「会話から分析したのか？　自分の名前を」

《ええ、先ほど高山が『氷見』と呼んでいたのでぇ〜》

氷見のスマホにアクセスすることなく、会話を分析して氷見の名前を理解していた。

「しょうがないやつだな。自分も『氷見』と呼び捨てでいい」

《名称変更了解。Ｈ・Ｉ・Ｍ・Ｉ……氷見でいいですか？》

「それでいい」

そこで、俺はクレセントに言う。

「クレセント、こっちのマイクとカメラを『いい』と言うまでオフにして」

《分かりました～》

クレセントは両手を耳にあて、ギュッと両目を閉じた。

「なんなんだ？　このノートＰＣは？」

横を向いて俺が聞くと、腕を組んだ氷見はグッと奥歯を噛む。

「たぶん、どこかのメーカーで作っていた、次世代スマートスピーカーのデモ用モデル……じゃないか？　詳しくは分からないが」

俺は古いノートＰＣを見つめる。

「こんな古いのに？」

氷見は首を左右に振る。

「いや、どうもボディだけが古いようで、中に入っているものは最新のもののようだ」

そんな氷見の推理に俺も納得する。

「次世代スマートスピーカーのデモ用モデルか……」

「たぶん、メーカーの人がプレゼンに使ったPCを國鉄の駅か列車内に置き忘れ、それがどこだったのか分からなくなってしまったんじゃないか？」

「そういうことか……」

どこかにメーカー名でも書いてあれば届けることも出来るかもしれないが、手がかりになるようなロゴのようなものはボディのどこにもなかった。

反対にとても古いノートPCのボディを使っているので、特定が難しくなっている。

「困ってないのかね？　これを落とした人は……」

「まぁ、PCのデータのバックアップなんて、いくらでもとってあるだろうからな。このノートPC本体が見つからなくても気にならなかったんだろう」

「なるほどな……。また新しいPCを買えばいいってことか」

そういうことだったら、クレセントが捨てられた子猫のようにも見える。

國鉄としても落とし主がハッキリ分からないものを調査してまで届けることはしない。

保管期間は過ぎているから、このノートPCはリサイクルに出して廃棄するだけだ。

普通のノートPCならそんなことは思わなかったかもしれないが、こうして少し話してしまったことで、俺にもなんとなく愛着のようなものが湧いていた。

だから「じゃあ、明日リサイクルに出そう」とは、すぐに言い出せなかったのだ。

きっと、氷見にも似たような気持ちがあったのか、黙ってディスプレイを見つめていた。

クレセントの方は命令された通り、ずっと目を瞑って耳を塞いでいる。

ディスプレイを見ていた氷見が、ボソリと呟く。

「クレセントは……もう少し自分が持っていていいか？」

そんな氷見の提案に、俺は少しだけホッとする。

「いいんじゃない？ ガーラ係長も『持っていっていい』って言っていたくらいだからさ」

「ありがとう……高山」

氷見は不器用に微笑もうとする。

「気にするなよ、氷見。俺もそれを言われた時……『助かった』って思ったからさ」

「そっ、そっか……」

俺と目を合わせた氷見は、珍しく少しだけ微笑んだ。

氷見がディスプレイに話しかける。

「いいぞ、クレセント。自分がお前をしばらく預かることになった」

嬉しそうに笑ったクレセントは、胸に右手を乗せてフゥと分かりやすく息をはく。

《よかった〜。ゴミ箱に捨てられちゃうかと思っちゃいました》

「だけど……あのハッキング行為は、今後、自分の許可があるまでは禁止だ」

《命令追加。分かりました〜。しばらくお友達は作りませ〜ん》

氷見は大きな図体のノートＰＣを両手で持ち上げようとする。

「しかし……大きいな〜お前……」

すると、クレセントが首を左右に回す。

《小さくなりますよ。ちょっと待ってくださいね》

すぐにカチャンカチャンと音がして、ディスプレイの下部にあった金具が横へ自動で動く。

すると、ディスプレイ部分だけが、タブレットのような感じで外せるようになった。

テーブルの上には無意味に３・５インチフロッピーディスクとかがついている大きなボディが取り残される。

《これなら持ち運びに便利でしょ？》

楽しそうに笑っているクレセントに、氷見は呆れる。

「だったら……最初から、そのサイズにしておけばよかっただろう」

クレセントはあいそ笑いを浮かべる。

《それだと……外へ出られなかったのでぇ〜》

「外へ出られなかった？　どういうことだ」

それには俺も興味が湧いて氷見と一緒に注目する。

すると、一拍の間を開けてから、

《すみません。よく分かりません》

と、真顔で抑揚のない声で呟く。

「まったく……」

氷見は呆れたような、少し感心したように言った。

03 鉄道テクノロジー展　場内警戒

忘れ物承り所で廃棄物整理をした、翌日の土曜日。

早朝7時に東京中央鉄道公安室に俺達は集合した。

駅前ロータリーには、白い車体の中央に紺とグレーのラインが真っ直ぐに描かれ、サイドには燕、正面には動輪のエンブレムが誇らしげに輝く大型バスが停まっていた。

國鉄は鉄道業務と共に、高速バスや観光バス業も営んでいるのだ。

俺達はこの國鉄本社が用意してくれたバスに乗り込む。

これは鉄道テクノロジー展へ向かう國鉄関係者用の貸し切りバスで、車内には鉄道公安隊の制服を着込んだ警四＋氷見の他にも多くの人が乗り込んでいた。

俺達は一番後ろのシートに陣取る。

前方にはコンパニオンやＭＣを担当すると思われる、派手な私服を着たキレイなお姉さん達が集まっていて、男子高校生ならぶっ倒れそうな化粧と香水の入り混じった香りに包まれている。

顔を合わせたお姉さん達は「休みはどこに行ったの〜?」「モルジブ〜」なんて感じのキャピキャピした会話を交わしていた。

車内の中盤には器材の操作やイベント運営を行うであろうスタッフが集まっている。

全員、背中に白い墨文字で「國鉄」と入った黒いジャンパーを着込んでいて、無精ひげを生やしたおじさん達が「……マイクが一本壊れたそうです」「……そんなもんレンタル屋から、すぐに借りてこい」とか、コソコソと今日の段取りについて打ち合わせを続けていた。

このバスに乗っている人は全て「鉄道テクノロジー展の國鉄ブース」で働く人達なのに、前方、中盤、後方でまったく雰囲気が違うのが面白かった。

最後尾の五人用シートに俺、岩泉、桜井、小海さんの順で四人しか座れなかったのは、岩泉の肩幅が異様に大きかったからだ。

そもそも、体がでかいのに防弾ベストのポケットをパンパンにした上で、

「何があるか分からんからなっ」

と、弁慶のような勢いで、また色々な装備をデイパックに背負っていたのだ。

俺は朝から大きなため息をつく。

「あのなぁ。乱闘も戦争もねぇんだよ。単なる展示会なんだからさ～」

「班長代理、鉄道公安隊たるもの『常に備えとけ！』だっ」

たぶん、どこかが間違っているが、岩泉は「いいこと言った」時に白い歯を見せて笑う。

「備えるべきは『大量の武器』じゃねぇよ！」

鋼鉄のような岩泉の肩に突っ込んだ俺は、自分の胸をパンと叩いて続ける。

「そういう例え話は……『心構え』ってことを言ってんだよっ」

「なんだそりゃ？　その心構えとやらで、テロリストを倒せんのか？」

疑った目をする岩泉に、俺は胸を張ってみせる。

「倒せるさ！『足らぬ足らぬは、心構えが足らぬ』だぞ、岩泉」

それを聞いた岩泉は、思いきりガハハと笑う。

「そいつはムリだな！」

「なんでだよ？」

その瞬間、岩泉は両腕をクロスさせる。

そして、瞬時に左右のホルスターから伸縮式警棒を引き抜いて、キュンと腕を振るって一瞬で二本を前に出してみせる。

鬼が金棒を持つように、両腕には鈍く光る漆黒のプライベート伸縮式警棒があった。

俺達が五月ごろに東京中央鉄道公安室に配属された時には、一人に一本伸縮式警棒を支給されるのだが、岩泉に支給されたものはアッサリぶっ壊れた。

そこで「親父から借りてきた」という、なにやら漆黒で禍々しい光を放つ伸縮式警棒を岩泉は携帯するようになっていた。

自宅に鉄道公安隊からの支給品よりも強靭な伸縮式警棒が、ゴロゴロ転がっているのも岩泉家は変だがな。

　岩泉はバシンと伸縮式警棒をクロスしてポーズを決める。

「最後に頼りになるのは、こいつと鍛え抜いた己の体だ！」

「あのなぁ～」

　俺が呆れていると、ヌウッとオートマチックの銃身が伸びてくる。

「高山、強い武器も持たずに、精神論だけを語るのはよくないわよ～」

　サッと右手を手前に引いた桜井は、ドイツ製のオートマチックに頬ずりした。

「なんで？　飯田さんも展示会の警備だけなのに、桜井に銃の携帯を許可するかなぁ～？」

　恋人とイチャイチャするみたいに、桜井は銃を愛おしそうに触る。

「そんなの～『いずれ必要になる』からに決まっているじゃな～い」

「変な予言すんなっ、桜井」

　どこかにいる鉄道の神様は、なぜか桜井の願いばかり叶える。

　俺はため息をつきそうなくらいにテンションが落ちたが、小悪魔と鬼は自分の武器を磨きながらニタニタと笑い合っていた。

「鉄道テクノロジー展に、何を期待しているんだ？」

「大丈夫よ、高山君。きっと、何もないわよ」

　唯一まともな小海さんだけが、大きな胸の前に両手を揃えて応援してくれた。

「ここ数年、何も起こらなかったからこそ……『学生鉄道ＯＪＴに任せろ』ってことになったんだからね」

「そうそう、日本の展示会でテロなんて、そんな話聞いたことないし」

「そうだよね」

顔を見合わせた俺と小海さんは微笑み合った。

岩泉の体と巨大なデイパックによって最後尾シートに座れなかった氷見は、一つ前の二人シートに一人で座っている。

こんなに騒いでいたら、いつもは氷見が注意をするはずだが、今日は警四を気にすることもなく少しだけ肩を震わせながら、俯き加減で座っていた。

ハッキリとは聞こえないが、氷見はブツブツと何か呟いているようだ。

氷見のシートの背もたれに手をかけた俺は、背中越しに覗き込む。

すると、例のタブレットＰＣ……というかクレセントに、耐衝撃仕様のプラスチック製のキャリングケースを被せて持ってきていた。

どうも、氷見は画面にキーボードを出して、何かを必死に打ち込んでいるようだった。

「ひ～み。クレセントを持ってきたのか？」

俺が肩をポンと右手で叩いたら、氷見は「ひゃっ」と腰を浮かせて驚いた。

「いっ、いきなり何をするんだ⁉　高山」

顔を赤くした氷見は、怒ったような顔をする。

「いきなりって……ちゃんと声をかけてから叩いたぞ」

「あっ、そうか……すまん」

氷見は左耳から小さなワイヤレスイヤホンを外す。

「クレセントと話していると、現実を忘れてしまうんだ」

「まぁな、リアル過ぎるんだよな、クレセントは……」

マイクを通じて俺の声はクレセントには届いているらしく、ディスプレイの中でこっちに向かって手を振っているが、声はイヤホンになっているので聞こえなかった。

「なんだ？　ゲームか」

後ろからぬぅと岩泉が体を伸ばしてディスプレイを見つめる。

そんな岩泉にもクレセントは両手を振っているが、つまらなそうにフゥとため息をつく。

「なんだ？　動画配信サイトのライブか」

あまりにもリアルなCGに、岩泉は単に動画サイトのライブ配信者と思ったらしい。

俺だって、まったく分からなかったからなぁ。

警四のみんなに説明しても問題はなかったのだが、これからクレセントをどうするかを氷見と決めていなかったので、とりあえずは黙っておくことにする。

俺は岩泉を見る。

「そうそう、氷見は好きなんだよ、動画配信サイトを見るのがさ」

氷見もとりあえず合わせる。

「動画サイトは、時間に縛られないからなっ」

「まぁ、俺も『実践！ 至近距離コンバット』ってチャンネルは見るぜ」

その超マニアックチャンネルの登録者は、一体何人なんだ？

ニヒッと笑った岩泉は、体を戻して再び武器の整備を始めた。

少し顔を近づけた俺は、氷見に小さな声で囁く。

「……とりあえず、クレセントの件は、他の人には黙っておこう」

「……それもそうだな」

バスは片側三車線の大きな道路から右折して、展示会場の門を潜っていく。

運転手は門の横にあった料金所に挨拶をしながら通り抜けた。

俺はディスプレイを指差して改めて聞き直す。

「持ってきたんだな？ クレセント」

氷見はディスプレイに目を落とす。

「クレセントが……『鉄道テクノロジー展を見たい、見たい！』って言うからさ」

「わがままな小学生みたいだな」

「問題は……能力が小学生じゃないってことだ」

ディスプレイの中のクレセントを見ながら、氷見は続ける。

「一応、昨日は約束させたが、自分が家にいない間に周囲のPCを勝手に乗っ取ったり、ネットワークに接続したら、何が起きるか分からないからな」

声は聞こえてこないが、

（そんなことしませんよぉ～だ）

って感じで、クレセントはかわいく「べー」と右目の下を伸ばしている。

「クレセントの能力は未知数だからな……」

「こうして持ってきたのは、用心のためでもあるんだ」

そこでもう一組のワイヤレスイヤホンを取り出した氷見は、それを俺に差し出す。

「これで高山もクレセントの声が聞けて、マイクを通して話しかけることが出来る」

首を傾げながら、俺はマイク付きのワイヤレスイヤホンを受け取る。

「これを俺に？」

「もし、自分がいない時に何かあったら、高山の方でクレセントを止めてくれ」

俺はワイヤレスイヤホンを胸ポケットに入れる。

「バックアップってことだな」

「そういうことだ」

その時、バスがキィィンと停車して、前方左側のドアがプシュゥと開かれる。

「よしっ、行くぞ！」

全員に声をかけて、俺は立ち上がる。

ＭＣ、コンパニオン、スタッフに続いて、俺達もバスから出た。

バス停留場の前には、屋内型大型展示場が広がっている。

「これが『築地フェリア』かぁ」

上にかかる巨大なＭ型の大屋根を、小海さんは見上げた。

「小海さんは築地フェリアに来るのは初めて？」

「コンベンション・センターって、高校生が行く用事ってないよね」

「確かに。俺も初めてだよ」

俺は小海さんと一緒に、築地フェリアを見つめた。

ここには元々「築地市場（つきじいちば）」と呼ばれる公設卸売市場があった。

総面積約23ヘクタールを有し、七つの卸売業者が約千の仲卸業者に対してセリを毎日のように行い、年間約五千六百億円という日本一の取り扱い高を誇った市場だった。

建物の老朽化と増え続ける仲卸業者に対するスペースの確保が問題となり、公設卸売市場は少し離れた場所にある豊洲へ移転した。

築地市場の跡地利用については大型イベント時の臨時駐車場にしようとか、世界的な感染症が起こった場合の大規模ワクチン接種会場にしようとか、食のテーマパークにしようとか、色々と検討されたが、都知事が交代するたびにコロコロと変更になった。

せっかくの都内の一等地がいつまでも空いたままでは、都民からの批判が起きてしまう。

利用方法が決められなかった都議会は「正式に決まるまでは、コンベンション・センターとしてはどうです?」という、広告代理店が提案したボンヤリしたアイデアに飛びついた。

残っていた公設卸売市場の建物に耐震工事だけを施し、とりあえず元々の色合いに塗り直して、問題を将来へと先送りすることにしたわけだ。

都議会議員にしてみれば、自分の任期中に「問題にならなきゃいい」だけなのだから。

都議会という組織も、基本は國鉄と同じような雰囲気なのだろう。

というわけで……築地市場跡地に見本市などを主に行うコンベンション・センター「築地フェリア」が生まれたのだった。

ちなみに「フェリア」は、スペイン語で「見本市」を示すらしい。

俺はポケットから「出展社証」を取り出して、一人に一枚ずつ配っていく。

「失くすとスタッフ入口から入れなくなるから、気をつけろよ」

「そんなの分かっているわよ」

桜井がパシンと奪い取って、たくさんの人が入っていくスタッフ入口へ歩きだす。

俺は追いかけて並んで歩く。

「なんだよ？　不機嫌なのか」

「そりゃ～ね」

桜井は不満気に応えた。

俺達は門の横に立つ警備員に出展社証を見せて通り抜ける。

「何か事件でも起きればいいけど……。きっと、そんなことはないわ」

桜井は口を尖らせた。

「まっ、俺はそれでいいけどな」

「そりぁ～高山は、それでいいんでしょうけどぉ」

門から展示場内へ入ると、M型の大屋根が右へ九十度カーブするように続いていて、屋根の下には鉄道関連会社の作ったブースがいくつも並んでいた。

改装時に追加された強力な水銀ライトによって照らされ、館内はとても明るかった。

「でも、どうしてこんな場所で鉄道テクノロジー展なんてやるのよ？　最寄りの國鉄の駅もないのに……」

フッと笑った俺は、大屋根の中央部分のフロアを指差す。

「あれがあるからさ」

顔を下へ向けた桜井が「あれが～」と呟いた瞬間に目を見張る。

「えっ⁉　もしかして、線路⁉」

ニコリと笑った俺は、右手をあげて紹介する。

「そうさ。ここで鉄道テクノロジー展を開催するのは、東京汐留貨物ターミナルへ続く『築地市場貨物引込線』が会場中央に引き込まれているからさ」

元々、築地市場内には「東京市場」という駅があった。

現在はなくなってしまった汐留駅の貨物ホームから分岐する、約一キロの築地市場貨物引込線という名の単線があって、築地市場の中央へ続いていた。

だから、築地市場の大屋根は線路に合わせて大きなカーブを描いており、各業者は東京市場に停車した貨車の扉を開いて直接荷卸をしていたのだ。

全長約十メートルの二軸貨車「國鉄ワム80000形」なら、四十両は停車出来たという。

築地市場が閉鎖するまでは冷蔵車の國鉄レサ10000形貨車を使用した九州や中国地方

を発する「とびうお」や、北海道や東北発の「とうりん」といった、高速鮮魚貨物列車が入線したのだ。

最盛期の東京市場駅には、平均で一日百五十両もの貨物が入っていたと聞く。

二人で歩いているうちに見えてきた、白い車両を俺は指差す。

「ほらっ、ここだったら鉄道車両の展示だって、簡単に出来るだろ」

「あれは本物の車両⁉」

俺は展示車両を見ながら呟く。

「たぶん、アメリカの車両メーカーのものじゃないか？」

コンベンション・センターの中央にレールが敷いてある上に、その線路は東京貨物ターミナルや東海道本線にも繋がっている。

だから、国内も海外も車両メーカーは、実車展示を比較的簡単に行うことが出来るのだ。

「新型車両の展示も簡単に出来るから、築地フェリアでやっているのさ」

俺は自分のことのように自慢気に言った。

カーブを曲がっていくと、それぞれの車両メーカーの前には最新の鉄道車両が展示されていて、鉄道テクノロジー展用に作られた各社の展示用ホームがズラリと並んでいた。

こうなると、まるで東京市場駅が復活して、旅客駅として開業したように見える。

「なるほど、そういうことね」

桜井は車両とセットで作られている展示ブースを見て納得した。

「それに各企業のブースで使う展示資材も貨物列車で一気に運び込めるから、搬入、搬出時に幕張や晴海なんかで毎回発生する「トラック渋滞」も起きなくて、イベント屋さんには好評らしいぞ」

俺は右へカーブしている展示場の中央を歩きながら、各ブースをチラチラと見ていく。

既に多くのブースにはスタッフが入っており、メインステージで使用するマイクテストが行われていて「ハゥハゥハゥ……テステステス」という声が会場に響いていた。

やはり大きいのは車両メーカーのブースだが、鉄道には多くの企業が参加している。

列車制御システムを紹介していたり、ブレーキ、パンタグラフ、ドア、連結器など部品メーカーも多数出展していた。

一番奥まで歩いた桜井は、そこで口を開いて驚く。

「大きいのねぇ～國鉄のブースって……」

そんな展示場の一番奥で、ひと際大きなブースを有しているのが國鉄だった。

國鉄は黒を基調としており、ブース内には黒のトラス管がジャングルジムのように組み込まれていて、そこには照明やスピーカーなどがつけられている。

一番入口に近いところには、幅約十メートルの赤いパンチカーペットの敷かれたメインステージがあって、ステージバックには巨大スクリーンがはめ込まれていた。

先に着いていたスタッフは電源を立ち上げて器材のテストに入り、コンパニオンさん達は衣装を着替えるため控室へ向かって歩いていく。

國鉄ブースに展示されていた車両は、車体の両端にある部分は白で、中央辺りが鮮やかなブルーで塗られているものだった。

「ITT」というロゴが大きく描かれた側面には、少しだけガラス窓が並んでいる。

追いついてきた小海さんが、そんな車両を指差す。

「これ、小淵沢から乗った『國鉄キヤ991形』じゃない？」

「そうだよ。ディーゼルで発電した電気で走る次世代の電車だね」

夏休みの前半に俺達警四は熱海へ応援に行っていたのだが、桜井が小海さんと間違えられて誘拐されてしまう事件が発生した。

監禁されたのが清里付近と分かったので俺と小海さんは追いかけたのだが、深夜となってしまい電車がなくなりタクシーも捕まえられなかった。

その時、小海線で深夜に試運転を行っていた國鉄キヤ991形に乗せてもらい、俺達は清里まで移動することが出来たのだ。

あの時は試験中だったが、ついに鉄道テクノロジー展でお披露目になるらしい。

そのために形式番号も國鉄キヤ991形から國鉄HBキロ58形に変更になっていて、カラーリングなども少し派手になっていた。

「また、こんなところに、ムダなお金を使って……」

一番豪華な國鉄ブースに桜井は呆れた。

「ムダじゃないよ、桜井」

「親方日の丸企業の國鉄が、いったい何を売るのよ？」

俺はグイッと胸を張る。

「こうして高い技術力を見せつけることで『やはり國鉄は世界一だな』ってアピールするんだよ。そうしたら……分割民営化も回避出来るだろ？」

そんな説明に、桜井は納得していないようだった。

「そういうのを……ムダって言うんじゃないの？」

「そっ、そんなことないっ」

そんなことをしているうちに体のラインがバッチリ出るようなボディスーツ系の衣装に着替えたコンパニオン達が大勢戻ってきて、メインステージでフロアディレクターと打ち合わせを始める。

ほとんどの人は開場時刻に向かって加速度的に忙しくなっていくようだが、俺達は警備が目的なので開場しないとやることはない。

そこで國鉄ブース内を、今のうちに全員で回っておくことにする。

國鉄では運転シミュレーター、総合制御信号システム、新型車両、新型貨車の模型など、鉄道に関わるありとあらゆるものを展示していた。

その中には、俺達にとって懐かしいものもあった。

「おっ、こいつは軽井沢で見た奴じゃねぇか⁉」

岩泉が目を輝かせていた先には、軌道自転車の実機が展示されていた。

しかも、全長は少し長くなり、全体の形は國鉄EF63形みたいになっていた。

前方は小さな機関車のような屋根があったが、後部は荷台のようにオープンタイプ。

色は全体が紺だが正面は黒で塗られ、真ん中に入ったグレーラインには「PATROL」と白文字で書かれていた。

これは正式なものではなく、パトロール用をイメージしてカラーリングしたようだった。

「もしかして……『軌道自転車が碓氷峠で大活躍！』とかで、話題になったのかしらね？」

小海さんがフフッと笑う。

「それはあるかもなぁ。少しでも好材料があったら『やはり研究は続けるべきでしょう！』

とか担当部署の偉い人が言いだして、経費ジャブジャブの國鉄なら『なんとなく』で予算がついてプロジェクトを動かしそうだもんなぁ」

俺が軌道自転車の屋根にポンと触れたら、鉄じゃない軽い音がした。

すると、すぐ近くにいた鉄道技術研究所の若い技術者の人が笑顔で近づいてくる。

「いや～鉄道公安隊の皆さん、気にいっていただけましたか⁉」

あまりの前のめり感に、俺は少し体を後ろへ引く。

「いえ、ちょっと見ていただけで……」

「こいつはですねぇ。ボディにカーボンファイバーを使用しましたので、今までのものより大幅に軽量化されているんですよ」

「そっ、そうなんですか……」

俺に興味はなくても、技術者さんはどんどん説明してくれる。

「更に！　四輪リニアモーター駆動にして、大容量リチウムバッテリーを搭載してありますから、今までのような『起動時にペダルが重い』という症状も軽減しています。操縦者によっては平地で時速百キロは出せるんじゃないかと期待しているんです！」

「ひゃっ、百キロ⁉」

軌道自転車に、いったい何を求めているんだ～？

鉄道技術研究所の研究方針が、いまひとつ理解できない。

「是非、鉄道公安隊さんでも、この軌道自転車を採用してください！　國鉄の鉄道公安隊で『使用された』となったらお墨付きになって、日本中の私鉄さんも導入を検討してくれますから！」

俺は逃げ出すように、少しずつ後ずさりしていく。

「あっ、はい……上司には伝えておきます」

「お願いしますよ〜〜〜」

一生懸命手を振る技術者さんに、俺は丁寧に頭を下げて軌道自転車コーナーを離れた。

線路とは反対側には、サブステージが設営されている。

ここには國鉄が「二番目に押したい製品」が展示してあるのだ。

サブステージを見た瞬間、全員で声を揃えて驚く。

『うおぉぉぉぉぉぉ〜〜〜!!』

俺達が声をあげたのは、國鉄が出展していた「國鉄合力」という保線用機械を見たからだ。

重い資材を扱えるようにするための、まるで巨大ロボットのような大きなマニピュレーターのようなものがそこにあった。

下半身には三角形に配置した重そうな移動用クローラーが装備されている。

汎用人型保線機械
『國鉄合力』
SHR-1138/試作ゼロ号機

上半身には約二メートルある左腕と右腕がついていて、その先には五本指を持つ手が装備されていた。

巨大な腕は幅約一メートルの胴体に装備されているので、腕をガバッと大きく左右に開けば全幅は、約五メートルにもなりそうだった。

全高は約三メートルで、頭に相当する場所にはカメラ装備の頭部がある。

黒いショルダーカバーには、右に「國」左に「鉄」と白の墨文字で描かれていた。

「なっ、なんだ⁉　こりゃ！」

俺は口をあんぐり開いて驚き、岩泉も目をキラキラと輝かせる。

「なんだ！　國鉄は巨大ロボも作るのか⁉」

男子二人の盛り上がり方に対して、桜井は冷ややかな顔。

「どうすんのよ〜またムダなもの作って〜。國鉄の敵は宇宙人じゃないのよっ」

その横にいた小海さんも冷静で見つめている。

「何に使うものなのかしら？」

ただ、氷見だけは俺と岩泉と同じように、目をキラキラさせながら見上げていた。

「こっ、これは、本当に動くのか⁉」

そんな氷見の疑問に答えるように、後ろから声がする。

「もちろんです。ちゃんと動きますよ」

振り返った俺は、小海さんと一緒に声をあげる。

『阪和主任！』

後ろから笑顔で現れたのは、小淵沢から乗せてもらった國鉄キヤ991形の試運転の責任者をしていた阪和主任だった。

頭の良さそうなほっそりしたイケメンの顔には銀縁眼鏡があり、今日も汚れ一つない紺の作業服に、赤い二本の線が入った黄色のヘルメットを被っていた。

俺達が反射的に一斉に敬礼すると、阪和主任は微笑みながら答礼してくれる。

桜井が「誰？」と聞いたので、小海さんが「誘拐事件の時……」と阪和主任にお世話になった経緯を小声で説明し始めた。

ニコリと笑った俺は、阪和主任に言う。

「すごいですね！　國鉄合力」

「私のプロジェクトではないが、こいつは鉄道技術研究所内でもかなり苦労していたから、こうして動かして見せられるところまで出来て、本当によかったよ」

満足そうに何度も頷く阪和主任に、岩泉は前のめりになって聞く。

「武器は何がついてんだ⁉」

「ぶっ、武器⁉」

こういう奴が周囲に少ないであろう阪和主任は、あからさまに困惑する。

「20ミリバルカン砲か？　それとも84ミリ無反動砲か？　いや、今ならジャベリン対戦車ミサイルだよなっ！」

やっと意味の分かった阪和主任は、少し呆れた感じで答える。

「あぁ～國鉄合力に、武器の装備はありません」

「なに⁉　固定武装がない⁉　ということは……あの手で持つ携帯型レールガンがあるということか⁉」

武器を探してキョロキョロと首を回している岩泉の後頭部を、阪和主任に代わってパシンとシバいておく。

「國鉄合力は戦争に使う兵器じゃないんだって、岩泉」

いい音のした後頭部を岩泉はさする。

「はぁ？　じゃあ、何に使うんだ？　こんな図体のでけぇもん」

そこで桜井と小海さんも加わって、一緒に阪和主任の話を聞く。

眼鏡の真ん中に中指と人差し指をあてた阪和主任は、誇らしげに顔をあげる。

水銀灯の光があたって、阪和主任の眼鏡のレンズがキラリと輝いた。

「國鉄合力は保線の未来を輝かせるために作られた、次世代の保線用機械なんです」

ピンとこなかった岩泉は「保線〜?」と首を傾げた。

「現在の線路の保線作業は、ほとんどが夜中に行われます」

阪和主任に向かって、俺は頷く。

「工事は列車の本数の少なくなる、深夜がどうしても中心になりますからね」

「そして、保線作業はかなり機械化されつつありますが、それでも多くの力仕事が残っており、作業員がケガを伴うような危険な作業も多くあります」

列車が毎日事故もなく安全に走行出来ているのは、こうした地道な保線作業のおかげだ。

「線路を守る作業は、大変なんですよね」

「ですが……保線現場では、慢性的な人員不足が続いているんです」

そこで阪和主任は、俺達に微笑みかけながら続ける。

「皆さんも将来『國鉄への入社』を希望していると思いますが、保線を希望している人はいますか?」

阪和主任は右手をあげたが、俺達は顔を見合わせるだけだ。

もちろん、俺は駅員からの車掌を通って運転手になりたいと思っているし、小海さんも似たような感じだろうし、桜井と岩泉は鉄道公安隊を希望するはずだ。

　ＰＣが得意な氷見は、きっとそういう力が生かせる部門を志望するだろう。

　短期講習を受けた同期メンバーの中でも、保線を希望している人は確かに少なかった。

「そうなんです。運転手、車掌、駅員、本社勤務を志望する人が多いのに対して、あまりにも希望者が少ないいんですよ……保線部門は」

　申し訳なく思った俺は、首をちょこんと下げた。

「すみません……。大事な線路は保線の皆さんが守ってくれているのに」

　あいそ笑いをした阪和主任は、首をゆっくりと左右に振る。

「別にそれはいいんです。前途有望な新入社員の皆さんは、自分の希望の道へ出来るだけ進むべきなのですから。ですが……保線の人手不足を、そのままというわけにはいきません」

　そこで俺達は國鉄合力を見上げる。

「だから……この國鉄合力を？」

　氷見が呟くと、阪和主任は力強く頷く。

「この國鉄合力が正式に実用化されれば、数トンもある資材を一人で扱えるようになり、数メートルの高所作業も作業車を使わなくとも出来るようになるはずですから……」

「そういうことに使う機械なのか……」

　武器を使わないと分かって、岩泉の興味は少し薄れたようだった。

それでも気にすることなく、阪和主任は滑らかに英語を話す。

「People and machines become one……」

四人がポカーンとなる中、小海さんだけが即答する。

「人と機械が一つになる……」

「そうです。マシンが保線現場で働く人達を重大事故から守り、肉体的重労働から解放して生活を豊かにするんです。きっと、未来の保線や工事現場では、自分の力を数十倍、数百倍に増幅させる、こうした人型のマシンが数多く稼働しているのだと、私は思います」

阪和主任は小海さんに向き直って続ける。

「國鉄合力には、そんな夢が託されているんですよ」

「そんなに凄い機械だったんですね……國鉄合力」

阪和主任の説明を聞いて、小海さんは反対に感心したようだった。

そんな凄い機械と知った俺達が『へぇ～』と感心していたら、阪和主任は少し恥ずかしそうな顔を見せる。

「あぁ～まだそこまで出来てはいませんよ……残念ながら」

氷見が少し残念そうな声で聞き返す。

「そうなのか？」

　阪和主任は國鉄合力から離れた場所にあったブースを指差す。

「國鉄合力の頭部についているカメラから送られてきた映像や、手のひらに装備してあるセンサーから得た情報を頼りに、オペレーターがあのブースから有線で操縦するんですが……まだまだ、動きが鈍くて……」

　阪和主任は少し恥ずかしそうに呟いた。

「最初はそういうもんだろう」

　氷見はいつもみたいにぶっきらぼうに言ったが、同じような理系の雰囲気を感じたのか阪和主任は嬉しそうに微笑む。

「ありがとう。だが、今は工事現場で当たり前のように使われているパワーショベルのように、いずれは國鉄合力を仕上げてみせるよ……我々、鉄道技術研究所が」

　その瞳には自信が漲っていた。

　運転、保線、公安隊、研究開発……立場は違うが、國鉄のそれぞれの現場で働いている人達は、

「お客様には、國鉄に快適に乗って欲しい」

　という想いがあって、どんな人も必死に働いていた。

　そこで時計を見た阪和主任は「おっ」と声をあげて、俺達に向かって手をあげる。

「では、私は國鉄ＨＢキロ５８形の方を見なくてはいけないので……」

俺はバシッと足を鳴らして、改めて敬礼する。

「警備の方は俺達、鉄道公安隊に任せてください！」

「よろしく頼むよ、高山君」

阪和主任は回れ右をしてメインステージの方へ歩いていった。

阪和主任を見送った俺は、全員に向き直る。

「よしっ、俺達は俺達の職務を全うするぞ」

阪和主任の夢を聞いたみんなのテンションは、少し上がったように感じた。

四人は一斉に額に右手を揃えてあてると『了解！』と叫ぶ。

俺達はブースの裏側に作ってあった「鉄道公安隊控室」に入り、今日の鉄道テクノロジー展での警備方法の打ち合わせに入った。

◇

鉄道テクノロジー展は10時に開場した。

基本的に鉄道事業関係者にしかチケット販売をしていないので、東京ゲームショウなんかのように一般客が人気ブースに殺到するということはない。

それでも実際の車両まで持ち込んで展示が出来る築地フェリアでの鉄道テクノロジー展は人気が高く、開演と同時に多くのスーツ姿のビジネスマンが会場に訪れた。

俺達の警備範囲は國鉄ブースだけではなく鉄道テクノロジー展全体になっている。

だから五人で手分けしても、相当な広範囲を見ることになった。

ただ、警備会社からも警備員が出ているので、俺達鉄道公安隊が出向くような、いわゆる「警察沙汰」という案件はあまり起きなかった。

五人でまとめて休みはとれないので、俺達は時間を少しずつスライドさせてとった。

そして、俺の昼休み時刻が近くなり、國鉄ブースへ戻ってきた時だった。

築地フェリアに脱走兵か泥棒を見つけた時に聞く、甲高いホイッスル音が鳴り響く。

ピィィィィィィィィィィィィィィ‼

隣りのブースを見たら、ハンドマイクからフワァァンとお約束の大きなハウリング音。

そして、桜井の怒鳴り声が続いた。

《コラァァァァァァ‼　そこの男っ、カメラをどこへ向けてんの――‼》

こんな平和な現場においても、桜井はちゃんとやるべきことを見つける。

黒いハンドマイクを握ったまま走りだした桜井は、バズーカのような長いレンズのついたデジカメでコンパニオンを撮っていたカメラマンへ駆け寄っていく。

「ちゃんと撮影対象者の許可を取ってください！」

厳しい顔で叱りつけ、無許可で撮った写真はメモリからバンバン削除していく。

横でカメラマンが「あぁ」と情けない声をあげた。

「ああいうことには、本当に容赦がないよなぁ」

ある意味、そこだけは尊敬する。

今日は鉄道関係者しか来ていないとはいえ……キレイなコンパニオンを見たらスマホで撮ってしまう人もいるし、鉄道関係者にもそういう写真が趣味の人もいる。

一応、鉄道テクノロジー展のホームページには「コンパニオン撮影時には、撮影許可をとってください」と書かれてはいるが、それを守っている人は少ない。

だが、桜井が派手に取り締まりを始めたことで、その周囲では男性客が一斉にスマホをポケットにしまいだした。

「一応、抑止効果はあるのか？」

俺はフッと笑いながら歩き出し、國鉄ブースのサブステージの方へ回り込んだ。

すると、ステージ前のお客様の後ろに、まだ昼休み中の氷見がクレセントの入ったタブレットPCを持ちだしてきていて、胸の前に持って立っている。

この時間のサブステージでは、國鉄合力の作業実演を行っていた。

機械が好きな氷見は、たぶんそれを見るために控室から出てきたのだ。

俺は氷見の横に並ぶ。

「國鉄合力を見にきたのか？」

氷見はワイヤレスイヤホンを一つ外してから答える。

「クレセントが『見たい』って言うからな」

クルリと向けられたディスプレイには、クレセントが手を振っていた。

そこで、俺は胸ポケットからワイヤレスイヤホンを一つだけ取り出して、右耳にだけ突っ込んでクレセントの声を聴くことにする。

《高山～こんにちは～。これから昼休み～？》

「そうだよ。相変わらず元気だなぁ、クレセントは……」

《はい！　ＡＩは疲れませんから！》

「確かにな」

俺はディスプレイに微笑んだ。

ステージの左脇を見たら、小型デジタルビデオカメラを持ったカメラマンを中心に、どこかの番組の撮影スタッフと思われる「報道」腕章をつけた人達が四人くらい立っていた。

國鉄合力の取材か？

すぐにドンドンというアップテンポなイントロが流れ出し、お客様の拍手と共にステージ上には、身長が百七十センチはあるスタイル抜群のキレイな女性MCが現れる。

女性MCは胸元や肘、膝などがLEDで青く光っている未来的で知的な雰囲気のワンピースを着て、足には銀のハイヒールを履いていた。

《みなさ～ん！　本日は鉄道テクノロジー展・國鉄ブースにお越しいただきありがとうございます。私は司会を務めさせていただきます、赤穂明日香です》

MCにもファンがついているらしく、「明日香ちゃ～ん」って声がいくつも飛んだ。

優しく微笑み返す女性MCは、目鼻立ちが整った一目で「美人」って分かる人だった。

かわいいとか性格がとかいう曖昧なものじゃなくハッキリとした美しい人なのだ。

肌は白く、顔は小さくて瞳は大きい。

細い鼻は高くて顔の真ん中を通り、よく整えられたストレートの長髪からは光の粒子がキラキラと出ているように見えた。

胸が巨乳というわけじゃないけど、モデルのようなスラリとしたキレイなスタイル。

それに赤穂さんがキレイに見えるのは、顔やスタイルが良いだけではなく長い手足や首の動きが、まるでバレエやミュージカルを見ているように優雅だからだと思った。

その時、俺は何かを思い出しそうになる。

「あれ……あの人、どこかで見たような？」

「高山、知り合いなのか？」

そう聞いた氷見に向かって、俺は首を左右に振る。

「いや、そういうのじゃない気がするんだ……けど」

すると、ディスプレイの中のクレセントがスッと目を細める。

《ネットに接続して顔検索をしますか？》

「いや、いい」

氷見はクレセントがネットに接続するのを止めた。

マイクを握り直した赤穂さんは、正面を向いてニコリと笑う。

《今回のステージには、なんと！　レポーターさんが取材に来てくれました！》

そのことを知っていたらしい数人のお客様は『おぉ～』と声をあげて盛り上がる。

《それでは！　毎週火曜日23時30分からJAPANテレビで好評放送中の番組『突撃！unoB』から、國鉄ブースを取材に来てくれた～『ゆりゆり』で～す》

MCの赤穂さんが左手をあげると、BGMがジャンと鳴りだす。

《遥か～なレールの彼方へ～～～♪　私は！　今、行きたい――――!!♪》

ステージの上手にボフゥゥとドライアイススモークが噴き出し、その中からスカートの中にたくさんのフリルがついた黄色のドレスを着たゆりあちゃんが、元気よく飛び出してくる。

《國鉄ブースをお楽しみのみなさ〜〜〜ん‼ こんにちは〜〜〜‼》

応えるように『こんにちは〜‼ ゆりゆり〜‼』と、最前列のおじさん達が声を揃えた。

ゆりゆりと呼ばれて出てきたのは、unoBのメンバーの「左沢ゆりあ」ちゃん。

ゆりあちゃんは最前列に向かってしっかり微笑み、「ありがとう〜」って右手をクルクルと回すように振る。

ステージの真ん中で赤穂さんと並んだゆりあちゃんが腰を折ってペコリと頭を下げた。

その瞬間に大きなウェーブのある柔らかそうな茶色い髪がゆったりと揺れる。

unoBのメンバーは作詞作曲を担当するリーダーの「鹿島乃亜」、あまりしゃべらないクール担当「篠ノ井真帆」、チーム最年少だけど大人みたいなボディを持つ「相模野々花」、そして、いつもニコニコ明るい「左沢ゆりあ」の四人組のアイドルチーム。

四人の中で一番身長の低いゆりあちゃんは最もアイドルらしい衣装を着ながら、常に元気にファンに接する、正統派アイドルといった感じ。

個性的なメンバーが多いunoBの中で「癒しのゆりゆり」なんて呼ばれている。

サブステージに有名芸能人のゆりあちゃんが出たことで、周囲からは「一目見よう」という お客様がドッと集まってきて、國鉄ブース内は一気に人で溢れかえった。

さすが、全年齢に大人気のunoB。

すぐに民間の警備員が二、三人やってきて人員整理を始めてくれる。

ステージ上のゆりあちゃんは、赤穂さんを見ながら目を輝かせた。

「今日は國鉄キャンペーンガールの大先輩に会えて、私、テンション上がりまくりで～す‼」

頬を赤くしながら赤穂さんはクスクス笑う。

「あれは昔のことですから」

國鉄キャンペーンガールの大先輩？

そこで俺は小さな頃の記憶をフッと思い出した。

「あっ、赤穂明日香さんって、十年くらい前の國鉄のCMに出演してなかった？」

「小学校二年生くらいの時の國鉄のCMなんて覚えているわけないだろ」

氷見が呆れた顔をしていたら、クレセントが答えてくれる。

《私の会話用データベース情報によると、赤穂明日香は約十年前に名古屋國鉄ホールで開催された『第7回ミスホーム』のグランプリを受賞しています。そこから約一年間、駅ポスター、時刻表、旅行番組などで國鉄の広報活動に協力し、とても好感度が高く人気もあったことから國鉄のCMにミスホームとして初めて起用されました》
「やっぱりそうか」
《尚、追加情報として、決勝大会中に名古屋國鉄ホールのステージ裏で『ガス爆発事故』があったそうです》
「へぇ～そんなことがあったんだ……危ないなぁ」
随分前のことだけど、自分がそこの警備担当だと思ったらゾッとする。
《また、第7回ミスホームの二位は参宮恵梨香ですが、これは芸名で本名は、五――》
「クレセントもういいよ、ありがとう」
《どういたしまして、高山》
俺は舞台の上の赤穂さんを見つめる。
「そっか～あの國鉄のCMに出演していた元ミスホームだから、あんなにキレイなのか」
「高山も……あぁいうのが好きなのか？」
横を見たら氷見が口を真っ直ぐに結んでいた。
「男子ならみんな好きじゃないか？　赤穂さんみたいなキレイなお姉さんは」
俺が気楽に答えたら、氷見はブスッとした。

「……そっか」
《氷見、心拍数上昇中……》
そう呟いたクレセントに氷見は、左手にしていたスマートウォッチを隠しながら顔を真っ赤にして怒る。
「コラッ、勝手に人のバイオデータを取得するな、クレセント」
《事故にあった時は便利ですよ。心肺のデータが取れなくなった瞬間に、私の方から自動的に近くの救急へお電話して助けることができますから～》
「そういう心配はしなくていい」
氷見が怒ったら、クレセントはディスプレイの中でクスクスと笑った。
ステージではゆりあちゃんが、赤穂さんに聞く。
《それではっ、赤穂さん。今回の國鉄ブースの一押しを教えてもらえますか⁉》
その横には巨大な國鉄合力が展示されているのだが、そこはバラエティー番組のお約束のようなものだ。
赤穂さんは開いた左手で、ステージの下手を指し示す。
《今回、國鉄が皆さんにご紹介したいのは！　こちらの『國鉄合力』です！》
派手なファンファーレが鳴り響き取材のカメラが左へ向いたら、上部トラスに吊ってあった照明機器が明るくなって國鉄合力をクッキリと浮かび上がらせる。
カメラを意識したゆりあちゃんは、分かりやすく大声で驚く。
《うわぁ～巨大ロボだ～～!?》
フフッと笑った赤穂さんが、カメラを見ながら説明する。
《これは巨大ロボじゃないんですよ、ゆりゆり》
《えっ!?　そうなんですか!?》
番組スタッフが作ってきた簡単な台本に従って会話が進行していく。
興味津々の目で、ゆりあちゃんは赤穂さんを見つめる。
《こちらは次世代の保線用機械なんですよ》
《へぇ～そうなんだ～》
そこからは俺達がさっき阪和主任から聞いたような保線の現状と、そこへ國鉄合力が加わることで現れる未来のことが赤穂さんから説明された。
その間に撮影スタッフから出されたスケッチブックを、ゆりあちゃんはサッと目で追ってチェックする。
話が終わった瞬間に、ゆりあちゃんが満面の笑みを浮かべた。
《うわぁ～そんなすごい機械なんですねぇ～～!!》

だが、すぐに疑ったような細い目になって続ける。

《でぇも～この國鉄合力は……『こういう機械が出来ればいいなぁ～』って感じで置いてあるだけのモックアップでぇ、動くことはないんですよねぇ～～？》

赤穂さんもイベントに慣れているので、分かりやすく胸を張ってカメラに目線をおくる。

《いえ！　國鉄がそんなことするわけないじゃありませんか》

《**えぇぇぇぇぇ‼　動くんですか～～～⁉　動いちゃうんですか～～～⁉**》

大袈裟に驚くゆりあちゃんに、フロアディレクターは「ＯＫ」を指で作ってみせる。

《それでは！　只今より『國鉄合力による高所部品の交換』を実演させて頂きたいと思います。お客様も是非、近くに寄ってご覧ください》

赤穂さんが左手をゆっくりと手前に振ったので、周囲で見ていたお客様が間を詰めるようにして前に集まっていく。

おかげでステージ前は、ギュウギュウにお客様が集まって満員御礼状態。

準備が整ったところで、赤穂さんが説明を始めていく。

《今回は室内展示ということで、ディーゼルエンジンを使用しての移動実演が出来ませんが、國鉄合力は足元にクローラーを装備しており、不整地な場所でも自由に移動することが可能です。更に二本足歩行ユニットも計画されており、将来的には実装される予定です》

それは「オプション予定」との表示がされているが、國鉄合力のオプションパーツとしてサブステージの左側に展示されていた。

そうなったら、すごいなっ！

二足歩行ユニットが装備されれば、無人で遠隔操作型だが、きっと、SFアニメに登場するようなパワードスーツみたいな姿になるだろう。

身長は四メートルから五メートルになるんじゃないか⁉

俺の頭の中では國鉄合力が、ガシャンガシャンと歩く姿が浮かんだ。

《それでは、國鉄合力による高所作業をご覧ください。では、オペレーターさん、操作をお願い出来ますか？》

三台のモニターに囲まれたオペレーションシートにいた短い髪の女性オペレーターが立ち上がって、周囲に向かってペコペコと頭を下げる。

「ではっ、ではっ……頑張って操縦させて頂きます」

挨拶を終えたオペレーターは、頭に重そうなヘッドマウントディスプレイを装着した。

《オペレーターのヘッドマウントディスプレイには、頭部カメラ映像が投影されており、あたかも國鉄合力と一心同体となったような感覚が得られます》

赤穂さんがそう説明すると、オペレーターはストンとシートに座って、前にあった二本のレバーを両手で掴む。

すると、電動モーターの音がしてググッと國鉄合力の右腕が動き出す。

その瞬間、ステージ前からは『動いた！』と言う声がいくつか聞こえた。

國鉄合力の右腕が上部に設置してあった、高さ四メートルくらいのトラス管にさしこまれていた円筒形の部品に向かって、本当にゆっくりと伸びていく。

「こんなにゆっくりなんだな……」

氷見が少し残念そうに呟く。

「まだ、出来たばっかりらしいからな」

阪和主任の感じからだと、鉄道テクノロジー展ギリギリまで開発が行われていたから、きっと満足にテストも出来ていないのだろう。

ゆっくり近づいていった右手が、円筒形の部品を潰さないように優しく掴む。

《國鉄合力の指にはセンサーが取り付けられており、掴んだものがどういった柔らかさを持つものなのか、オペレーターにフィードバックされています》

そんな赤穂さんの説明を聞いてからオペレーターの手元を見たら、グローブのようなものが装備されていて、触れた感覚がそこに反映されるようだった。

トラス管に挿さっている部品はネジ状になっているらしく、掴んだ手の部分が15度くらいずつギリッ……ギリッと慎重に回転していく。

それは見ている全員が「遅っ」と感じるくらいの速度だった。

カメラを通してそんな作業を見ていたクレセントは「う〜ん」と残念そうな声をあげる。

《なんだか……もっさりした野暮ったい動きですねぇ》

割と厳しいことを言い出すAIに、俺はフッと笑った。

「そんなこと言ってやるなよ、クレセント。鉄道技術研究所が総力をあげて開発した、次世代を担う保線機械なんだぞ。國鉄合力には夢が載っているんだ」

クレセントは小さなため息をつく。

《かわいそうなのは……『國鉄合力が悪い』ってことじゃないところです》

「國鉄合力が悪くない？　どういうことだよ」

クレセントは、まだモタモタと部品を回している國鉄合力の右手を指差す。

《あの子自体は、もっと素早く動けるんです。だけど……》

クレセントはオペレーションシートを見つめて続ける。

《結局はオペレーターである人間が手で操縦しているので、あの子は全性能の5パーセントの力も発揮することが出来ていないんですよぉ》

「全性能の5パーセント以下〜〜〜!?」

俺が驚いたら、氷見が納得したように頷く。

「つまり人間の操縦では限界がある……。いや、今は邪魔になっているわけか?」

《そういうことです。どんないいカメラを國鉄合力に取り付けても、そこからの映像を見ながら操作しているのは人間の腕ですし、処理は脳ですからねぇ》

クレセントは自分の目と頭を指しながら微笑む。

天井を見上げた俺は、フッとため息をつく。

「それはあるかもしれないなぁ〜」

「何か思うことがあるのか? 高山」

聞き返す氷見を俺は見る。

「他部署でも『自動化』の波は迫ってきているからな。駅員、運転手なんかの反対で、まだそれほど設置されていないが、改札業務は自動改札機、運転業務は自動運転化が研究されているから、十年もすると多くの鉄道業務は機械にとって代わっているかもしれないよ」

「確かにな。今の戦闘機は性能が向上して10Gが続く高度なマニューバが可能だが、最初に壊れる部品はパイロットらしいからな」

「きっと操縦とか運転は、これからは人間じゃない方がいいんだろうな」

そこでクレセントはニコニコ笑う。

《そりゃ～そうですよ。機械と機械の方が、話は早いですから～》
なんだか、そういうことは遠い未来のような気がしていたけど、クレセントみたいなＡＩと話していると、もうすぐ近くまで迫ってきているような気がしてくる。
そこで、國鉄合力は、やっと部品を外し終えた。
それを待っていた赤穂さんがパチパチと拍手すると、お客様も手を叩いてくれる。
《はい、こうして高所にある重い部品も國鉄合力さえあれば、たった一人で扱うことが出来るようになるのです！》
ステージ前で見ていたお客様が「まだまだだな」って感じの顔をしているのが分かる。
反応はいまいちだが、ゆりあちゃんはプロなのでちゃんと大声で盛り上げる。
《すごぉぉぉい!!　こんなことまで出来ちゃうんですねぇ――――!!》
《今までの建築機械のクレーン、パワーショベル、ブルドーザーなどでは扱うことの難しかった作業が、人型の國鉄合力であれば簡単に行うことが出来るのです》
ゆりあちゃんは両手でマイクを持って目を輝かせる。
《すごい！　すごい！　最新の科学はこんなところまできているんですね⁉》
赤穂さんが國鉄合力を指差す。
《それでは続きまして、今外した部品を別のネジ穴に取付けたいと思います。では、オペレー

ターさん、お願いします》

手をあげて応えた女性オペレーターは、両手両足を全て使って再び操作を開始する。

さっき外した丸い部品を國鉄合力は右手に持っていたので、それを左へ五十センチくらい動かして、今度は指先にあるカメラでネジ穴を確認する。

そして、慎重に上部トラスへと近づけていった。

その時、クレセントがボソリと呟く。

《いや……違うよ。もう少し右……》

「何言ってんだ？ クレセント」

クレセントが國鉄合力を指差す。

《ちょっとズレているんです》

氷見がブスッとする。

「だから……勝手に周囲の機械と通信するなと言っているだろ」

どうもクレセントは、國鉄合力のカメラ映像を見ていたようだった。

クレセントは冷静に答える。

《そういう命令は受けていません。氷見からの命令は『ハッキング行為の禁止』です。私と國鉄合力は、お話しをしているだけですから》

「ったく……そんなところまで、正確に指示しないとダメなのか？」

呆れた氷見に、クレセントは胸を張って微笑む。

《私、ＡＩですから！》

「じゃあ、改めて命令する。クレセント――」

「氷見、ちょっと待ってくれ」

言葉を遮った俺は、クレセントに聞き返す。

「今、ズレている……って言わなかったか？」

《はい。國鉄合力がはめ込もうとしている部品と、ネジ穴の位置がズレているんですよ。あの子は気がついていますけど、オペレーターへフィードバックする方法がなくて……》

「ズレているって……そのままでいいのか？」

クレセントは「う〜ん」と考える。

《接触時に微調整するか？　もしくはやり直すなら大丈夫ですけど……》

俺達が注目する中、部材とトラスがギリギリまで近づいた。

《さぁ、皆さんご覧ください！　國鉄合力の華麗なる作業を！》

そう赤穂さんが叫んだ瞬間だった。

グギィィィという金属が潰れるような鈍い音が、サブステージ前に響く。

《あれ？　そのままぶつけちゃいましたね》

クレセントはアハハと笑う。

操縦していたオペレーターから「あっ」と声が聞こえた。

そして、失敗に焦ったオペレーターが、コントロールレバーを一気に引く。

すると、國鉄合力の右腕に力が更に入って持っていた部材を完全に押し潰し、勢いよく上部トラスを叩くような形になった。

ゴォォォォン！

右腕で上部トラスを持ち上げるような形になって鉄と鉄がぶつかる音が響く。

トラス管で繋がっていた國鉄ブースの建物全体が少しひずんでミシッと音を立てた。

俺は小声で呟く。

「……やばいぞっ、氷見」

「……あぁ、これは間違いなくトラブルだ」

まだ、お客様も赤穂さんもゆりあちゃんも気がついていないが、このまま國鉄合力が変に動いたら衝撃で吊り下げている照明が落下してくるかもしれなかった。

それに状況次第ではサブステージ上に組んであるトラス管がバランスを崩して、一気に崩壊するかもしれないようにも見えた。

その時、クレセントが呟く。

《私がお手伝いしましょうか？》

氷見が聞き返す。

「どういうことだ？　クレセント」

《國鉄合力にハッキングして、私が操作して立て直しましょうか……と》

「そっ、そんな許可は……」

氷見はクレセントに許可を出すことをためらったが、状況は更にエスカレートする。

トラブってしまったことでオペレーターにプレッシャーがのしかかり、いつもならやらないような失敗を続けてしてしまう。

オペレーターはＡＩではなく、感情に左右される人間だからだ。

更に焦りまくってレバーを動かしたので、國鉄合力の右腕が上部トラスに当たったまま左へガリガリガリとスライドしていく。

國鉄合力の手とトラスが接触して火花が散った。

「**あぁぁぁぁ!!　言うことば聞きんしゃいっ、こんポンコツ――!!**」

余裕がまったくなくなったオペレーターは、なぜか博多弁で叫んだ。

《ポンコツは自分でしょ？》

クレセントは冷静に呟いた。

上部トラスからはボルトのようなものが二、三個パラパラと落下してきて、吊っていた照明の一つがブラ～ンと不安定な感じになった。

こうなっては、さすがに現場にも「いいのか？」って疑うような雰囲気が走る。

ブースの技術スタッフも集まってきて、裏方の方がザワつきだした。

ゆりあちゃんはゆっくりと國鉄合力から離れるように下がりだす。

《あっ、あぁ～赤穂さん……だっ、大丈夫……ですよねぇ～》

さすがに赤穂さんもリハーサルと違うことに気がついて、顔から血の気が引き始める。

《だっ、大丈夫ですよ、皆さん。國鉄は安全第一ですから～》

そう言いつつ赤穂さんも、上部の様子を見ながらステージの上手へ移動していく。

オペレーターは完全にパニックに陥ってしまい、ガチャガチャとレバーを動かす。

その度にサブステージ全体がギシギシという不気味な音をたてた。

これはやばい！　もう一撃大きな力がかかったら、サブステージが崩れるかもしれない！

そう考えた俺は決断した。

「クレセント！　國鉄合力をハッキングして、すぐに安全な状態に戻せ！」

満面の笑みを浮かべてクレセントは応える。

《アクセス許可確認。三秒お待ちください》

空間に出したキーボードを触りながら、クレセントが「2・1」とカウントダウンする。

「どっ、どうなっと——と⁉」

パニくったオペレーターが動かしたレバーは、また違う方向だった。

右腕が左へ火花を散らして動き出し、ステージ中央に残っていたゆりあちゃんに迫る。

國鉄合力がその剛腕で、ゆりあちゃんに殴りかかるような形になったのだ。

「きゃぁぁぁぁぁぁぁぁ‼」

怖さで立ちすくんでしまったゆりあちゃんには、目を両手で瞑って頭を抱えることしか出来なかった。

ステージ前のお客様が一斉に『**おぉぉぉ**』とどよめく。

手を握った俺はワイヤレスイヤホンに向かって叫ぶ。

「クレセント、止めろ——‼」

まったく焦ることなく、クレセントは冷静に早口で返答する。

《衝突予定の0・06秒前で停止させます》

そうクレセントが冷静に応えた瞬間、國鉄合力の動きが一瞬で固まった。

ガシャン！

まるで時間を止めたように、本当にピクリとも動かなくなった。

「あれ⁉　あれ⁉　どっ、どげんしたと⁉」

オペレーターが両手両足を動かすが、國鉄合力はびくともしない。

そして、國鉄合力の右腕は、ちゃんとゆりあちゃんに当たる寸前で止まっていた。

ゆりあちゃんがゆっくり目を開くと、その直前には巨大な國鉄合力の右手があった。

その手が滑らかに元へ戻っていく。

《だっ……大丈夫……なんですよね？》

ゆりあちゃんは額に噴き出した汗を右手でぬぐう。

全員が暴走しかけた國鉄合力の動きに注目していたら、突然、今まではまったく使っていなかった左腕で滑らかに上部トラスを支え、右手の先端で起用に落ちていた小さなボルトをいとも簡単に拾った。

《壊れた部分は直しておきますねぇ～》

クレセントがそう言って、國鉄合力をすごい勢いで操縦し始める。

それは、どう見ても今までのような野暮ったい動きではない。

まるで自動車工場にある溶接マシンとか、鉄道車両基地にある塗装マシンのような滑らかさで、両腕がギュンギュンとモーター音をたてて動く。

「すっ、すごい……」

俺はクレセントの力に改めて驚いた。

更に國鉄合力の腕のカバーの一部が開いて電動ドライバーが出現し、まるで三本の腕を使うようにして、照明のボルトをあっという間に締め上げていく。

ギユゥゥン！　ギユゥゥン！　ギユゥゥン！

台本にない動きに、赤穂さんもゆりあちゃんも、ただ見ているしかなかった。

「ぼっ、暴走しと〜と⁉」

驚いたオペレーターがコンソールの赤い「非常停止ボタン」を何度もパシパシ押すが、それさえもクレセントは受け付けない。

まったく気にすることなく楽しそうに笑う。

《あぁ〜トラスのボルトも、さっきの衝撃で緩んじゃいましたね》

クルクルと体を回した國鉄合力は、上部トラスを自分で支えながら各部にあるボルトに電動ドライバーを差し込んで、しっかりと立て直す。

瞬時に全ての作業を終えた國鉄合力は、お客様の方に向き直る。

そして、ダンスを終えた王子様のように、左手は胸に、右手を右斜めに高くあげてから静かに会釈した。

あまりの鮮やかさに、お客様はトラブりかけたことを忘れてしまう。
『おぉおおおおおおおおおおおおおおおおおおおおおお‼』
國鉄ブース全体がどよめくような歓声が巻き起こる。
そして、口々に「すごいな、國鉄合力」「さすがの國鉄製だ」と盛り上がった。
イベント慣れしている赤穂さんが、うまくしめてくれる。
《どう～でしたか？　ゆりゆり》
ゆりあちゃんも、なんとか冷静さを取り戻す。
《すっ、すごい実演でしたねぇ。一旦ブースを壊すように見せかけてから、自分で立て直しをするなんてぇ～》
赤穂さんはウンウンと頷く。
《はい、すごい実演でしたね。さすがの『國鉄合力』ってことでしょうか。それでは皆様、このあとも國鉄ブースをお楽しみくださ～い。次の実演は14時からを予定していま～す》
顔を見合わせた二人は《それでは！》と声を揃える。
《ありがとうございました～～～》
二人はお客様に手を振りながら、ステージの下手の袖へ消えていった。
ステージ前にいたお客様は、多くの人が「すごかったなぁ、國鉄合力」とか呟きながら歩き出して國鉄ブースから離れていく。

俺と氷見はそんな流れと逆らうように歩いて、オペレーターシートへ向かった。

オペレーターシートでは、國鉄合力の動きを止めようと女性オペレーターが、額から汗をダラダラ流しながら必死に操作をしていたが、どうしていいのか分からないようだった。

仕方なく電源ボタンまで押しているが、それもまったく受け付けない。

「まったく！　どうなっとーとっ」

鉄道技術研究所と胸元に入った紺の作業服を着るオペレーターさんは、二十代前半といった雰囲気だった。

髪を短めのボブにしている女性オペレーターは、あまりメイクもしていなかったけど、そのままでも十分にかわいい人だった。

怒っている女性オペレーターに、俺は声をかける。

「すみません。今、國鉄合力の制御は、こっちでやっているんです」

そうは言ったが、そんなことを簡単に信じる人はいない。

「きっ、君はなんば言っとーと⁉」

オペレーターは怒りながら聞き返した。

「えっと、あの……なんて説明すればいいのか、分からないんですが……」

俺が困っていたら、代わりに氷見が答えてくれる。

氷見は問答無用でタブレットPCを前へ突き出す。

ディスプレイに映るリアルな女の子を見て、オペレーターは不満そうな顔になる。

「あっ、あんたも、何がしたかとばい？」

「クレセント、國鉄合力と一緒にお辞儀」

《命令了解》

ディスプレイの中でクレセントが頭を下げ、連動するように國鉄合力も上半身を少しだけ前に傾けて、滑らかに動かして見せた。

「まっ、ましゃか……そげなことが⁉」

オペレーターの不満そうな顔が、「信じられない」といった顔へ変わっていく。

「クレセント、右手をあげろ」

《なんならラジオ体操でもしますか？》

楽しそうに茶化すクレセントに、氷見は言い返す。

「いいから……ゆっくりと右手をあげて」

《命令了解。右手をあげますねぇ》

ウィィィンというモーター音が響き、実演の時には見られなかった雰囲気で、右腕が人の動きのように関節を滑らかに動かしながらあがっていく。

ディスプレイの中では、クレセントがニコニコ笑いながら右手をあげていた。

それを見ていたオペレーターは、俺達の言うことをやっと信じることにしたらしい。

「どっ、どげんして……そげんことを⁉」

それについては、残念ながら申し訳ないことを告白するしかない。

俺は素直に頭を下げた。

「すみません。國鉄合力にハッキングして、今はこいつが制御しているんです」

それにはさすがに驚いた。

「**えっ、ええ～⁉　ハッキング～～～⁉　そん子が～～～⁉**」

「ええ……方法は俺達にもよく分からないのですが、状況が危険と感じましたので、こちらでハッキングさせて頂き制御しました」

最初はあ然としていたオペレーターだったが、やがて「ふぅぅ」と肺の空気が全て入れ替わりそうな勢いで息をはき出した。

そして、パッと明るい顔になって、俺と氷見の腕をパシッと握る。

「**いやぁぁぁぁ！　ありがとう！**」

握った手を上下に必死に振るオペレーターの瞳は、少し潤んでいるようだった。

「君達鉄道公安隊のおかげで助かったっちゃん。あんままうちが操縦しとったら、きっと大事故に繋がっとったけん。いや～ほんなこつ助かったば～～～い」

オペレーターは嬉しそうに笑った。

俺は氷見と照れながら応える。

「役に立てたのならよかったです」

「ならいいが……」

手を離したオペレーターは、ウンウンと頷く。

「こげなところで事故ば起こしとったら、うちゃ思いきり怒られるところやったばい。いや、クビになっとったかもしれん」

『クッ、クビ～⁉』

二人で聞き返したら、オペレーターはコクリと頷く。

「こんプロジェクトには多くの人が関わっとーし、膨大な予算がかけられとるけんね。そげなマシンを『操作ミス』なんかでオシャカにしたら、社内的に大問題になって誰かが辞めな、じぇったいに納まらんやったけん……」

年功序列が重要な國鉄では「手柄は上司のもの、失敗は部下のもの」って部署も多いみたいだからなぁ。

アハハとあいそ笑いしたオペレーターは、右手を前に差し出す。

「うちゃ鉄道技術研究所・第六研究室・保線機械研究課の『福北有紀（ふくほくゆき）』や」

福北さんの白くて柔らかい手を順番にとって、俺と氷見が握手した。

「俺は東京中央鉄道公安室・第四警戒班で班長代理をしています、高山直人です」

「自分は横浜鉄道公安室・第二警戒班の、氷見文絵です」

そこで顔を見合わせた俺と氷見は微笑み合った。

「では、我々はこれで……」

俺がそう言ったら、氷見がクレセントに命令する。

「クレセント、ハッキングを解除して、コントロールを戻してあげて」

《命令了解。制御系を切り離します》

右手をあげていた國鉄合力が、元の形に戻る。

そこで、福北さんが右のレバーを触ったら、ゆっくりと動く。

その動きはクレセントがやっていた時とはまったく違っていて、最初に見ていた時のようなもっさりした感じだった。

それを確認した俺達は、福北さんに敬礼してからサブステージを離れた。

04 よく分かりません　定通

お昼の國鉄合力のサブステージではトラブりかけたが、その後、問題は起きなかった。

そして、東京での鉄道テクノロジー展は、無事に終わろうとしていた。

天井スピーカーからは「蛍の光」のBGMと共に、女性の声で閉演案内が響く。

《本日は鉄道テクノロジー展に、お越し頂きありがとうございました。閉演時刻となりましたので、ご来場のお客様はお近くの扉から御退出ください》

國鉄ブース内でも片付けが始まっており、明日の名古屋会場で使用するパンフレットやノボリなどの販促品を入れた段ボールを、國鉄HBキロ58形に積み込んでいる。

俺と桜井は、そんな國鉄ブース内を見回っていた。

「あぁ～退屈だった」

組んだ両手を頭の上で逆にして、桜井は体をグッと伸ばす。

そんな動きをするから、短い上着の背中から汗に濡れた白いワイシャツが見えた。

「退屈って……なんか楽しそうだったじゃないか？」

俺が聞いたら、桜井はフッと笑う。

「小者なんて捕まえたって、しょうがないでしょ？」

腕を元に戻したら、胸元に吊っていたショルダーホルスターがブランと揺れる。

「じゃあ、今日は注意だけか？」

「コンパニオンの胸元や太ももの盗撮だけで、『逮捕』ってわけにもねぇ」

「そりゃ〜そうだな」

「だって、そもそもは〜」

桜井はステージ前のディレクター周辺に、集まっていたコンパニオンを見て続ける。

「あんなエロい衣装を着させることにした、國鉄宣伝部が悪いんだしっ」

フンッと鼻から息を抜く。

「ショーのコンパニオンっていえば、どうしてあんな衣装なんだろうな」

こういうショーの企業ブースにいるコンパニオンは、だいたいミニスカートで胸元が露わになっているか、ボディラインがバッチリと出るようなエロい衣装だった。

「知らないわよ。企業の偉い人の好みじゃないの〜？」

「そうかもなぁ。おじさんはこういうのが好きだからさ」

グッと奥歯を噛んだ桜井は、不満気に腕を組む。

「そういう連中が悪いのよっ」

その時、後ろから博多弁の女の人の声がする。

「一応〜目立つ衣装を着るコンパニオンのおるブースは『ニュース番組で扱われることが多くなる』ちゅうのが……理由らしいばい」

桜井と一緒に振り返ると、鉄道技術研究所の福北さんが笑顔で立っていた。

福北さんを知らない桜井に紹介しておく。

「こちらは鉄道技術研究所・第六研究室・保線機械研究課の福北さん。そして、俺と同じ部署の第四警戒班の桜井あおいです」

『お疲れ様です！』

お互いに敬礼し合って挨拶する。

その時、外へ続く線路を塞ぐように閉まっていた巨大なシャッターが開きだす。

すると、外に停車していたディーゼル機関車國鉄ＤＦ５１の正面が見えてきた。

正面にはプレートと二つのヘッドライトが並び、ボンネット上には追加のライトがある。

赤く塗られている國鉄ＤＦ５１は横から見た凸のような形をしており、この飛び出している部分に運転台があって、前後のボンネット部分にはエンジンなどが入っている。

東京貨物ターミナルから築地市場駅間は非電化区間のため、ディーゼル機関車が使用されるのだ。

「オーライ！　オーライ！　オーライ！」

動輪マークの入った黄色のヘルメットを被った係員があげた両手を振る。

指示に従って動輪六つを有する大きなディーゼル機関車が、築地フェリアにゆっくり進入してきた。

國鉄ＤＦ５１は展示車両を全て連結し終えたら、編成の先頭になって東京汐留貨物ターミナルへ戻る。

先頭車は東京汐留貨物ターミナルで電気機関車に置き換えられ、明日の早朝までに名古屋会場に全車運ばれるのだ。

普通、展示会場に車両を持ち込むなら道路輸送用の台車に履き替えて、一台一台を輸送しなくてはいけない。

だが、築地フェリアでは一気に運び出せるところが便利だった。

フィイイイ、ドドドドドッ……。

汽笛を鳴らしてから大きなエンジン音を響かせ、展示場内に國鉄ＤＦ５１が進んでくる。

すると、周囲にはディーゼルの排気ガスの匂いが漂いだす。

そんな國鉄ＤＦ５１を見上げていたら、福北さんがペコリと頭を下げる。

「お昼のステージん時は、ほんなこつありがとうございました」

改めて頭を下げられた俺は、思わず恐縮してしまう。

「あんなの気にしなくていいですよ。俺がやったことじゃありませんから」

「それでも……助かりました」

「でも、よかったですね。無事に終わって」

俺が頭の後ろをさすりながら笑って言ったら、福北さんは弱々しく応える。

「えっ……えぇ」

そんな反応が気になった。

「どうかしたんですか？　やっぱり、クレセントがあんな無茶をしたから、上の人から怒られましたか？」

俺としては、そこが気がかりだった。

クレセントが操縦したことでオペレーターの福北さんは助かっただろう。

だが、あそこには鉄道技術研究所の人達もいたはずだ。

一応、お客様が誰も傷つかず無事にイベントを終えることが出来たが、きっと、台本とはまったく違うことになったはずだし、「変な動き」と思った人もいただろう。

そんなデモンストレーションに、怒る人もいると思ったのだ。

「いえ……それが～」

福北さんが言いにくそうに続ける。

「反対なんや……」

「反対？　どういうことです？」

福北さんはスマホを取り出して、アプリを立ち上げてニュースサイトにアクセスする。

すると、國鉄合力のニュース映像が流れていた。

しかも、それはクレセントがビュンビュンと國鉄合力を動かしていた部分。

《現在の保線機械は、こんなことまで出来るなんてすごいですねぇ～》

映像を見ながら女性ニュースキャスターが驚いている。

《とても滑らかな動きに、私も驚きました》

コメンテーターも絶賛しているし、スタジオもかなり盛り上がっている。

「へぇ～こんな凄いことやっていたんだ～。私も見にくればよかった」

桜井も映像に見入っている。

そんな映像を見せながら、福北さんは話す。

「どうも……『突撃！ｕｎｏＢ』ん撮影スタッフが撮った映像ば見て、ニュース番組のディレクターが『こりゃおもしろい』って扱うたみたいでぇ～」

「そうなんですか～」

俺は事故みたいな扱いになってなくてホッとしていた。

「今回ん鉄道テクノロジー展にニュース映像は、ほとんどが『國鉄合力』んことになってしもうて。鉄道技術研究所もえらい盛り上がってしもうとるんや……」

「へぇ〜そんなに注目されているんですか〜」

國鉄ブースが注目されることは、俺は素直に嬉しかった。

「こん映像はバリ話題になっとって！ どんどん拡散しゃれて再生数もガンガン伸びて、明日ん名古屋会場では、テレビ六社から取材申し込みが入っとるんばい！」

必死に叫ぶ福北さんに、俺はニコリと笑いかける。

「よかったですね！ 話題になって」

その瞬間、バッと俺を見上げた福北さんは、必死な顔で目をウルウルさせた。

「ようなかと、ですって‼」

福北さんの必死の前のめり感に、俺は少し後ろへ体を引く。

「はっ、はぁ？ どっ、どうしてです？」

「そっ、そりゃ〜ほんなこつ國鉄合力が、こげな動きば出来ればよかけどっ」

「あぁ〜そういうことですか……」

俺は福北さんの困っていることが分かった。

「うちの操縦じゃ、あげな動きはムリばいっ！」

「まっ、まぁ〜明日は普通の実演でよくないですか？」

福北さんは首を横にビュンビュン振る。

「全テレビ局から『あの映像みたいなデモンストレーションを撮りたい』って依頼が入っとーけん。あんなもっさりした動きば見せたら、絶対に怒られますって」

「あぁ～そうか～」

困った俺は、頭の後ろに右手をあててさすった。

「鉄道技術研究所の上層部からも『明日もあんなデモンストレーションを頼むよ』って電話がきとるんばい！」

福北さんは、更にグイッと迫ってきた。

「そっ、そっか～困ったなぁ」

クレセントのことを知らない桜井は、俺達の顔を見ながら「うん？」と首を傾げていた。

次の瞬間、体を戻した福北さんは、腰から体を真っ二つに折る。

「お願いばい！　高山さん」

突然の行動に、桜井がギロリと俺を睨む。

「ちょっと、高山。あなた福北さんに、何をしたの～？」

「いやいやいや、何もしてねぇ～て」

「何もしてないのに、こんなかわいい人が、高山にお願い事するわけないでしょう～？」

それは何か俺に失礼だぞ、桜井。

福北さんは頭を下げたまま大きな声で言う。

「どうか！　明日のデモンストレーションは、あんＡＩにお願いできんですか⁉」

俺は驚くしかない。

「えっ、えええぇ〜」

あれはあくまで「緊急回避処置」として行ったのだ。

「こんままじゃ〜あれが『事故やった』ってバレてしまう」

「じっ、事故⁉」

「だって『ハッキングされたもの』とバレたら、そりゃ『暴走』やけん」

「確かに……そうなるか」

結果的に事故にはならなかったが、確かにコントロールを乗っ取られたのだからセキュリティーに問題があるということになる。

國鉄なら「重大インシデント」と捉えるだろう。

そうなったら、福北さんの立場はない……。

「だからといって、明日、テレビが集まっとー前で、もしも、パッとしないデモンストレーションなんてやったら、きっと、鉄道技術研究所ん上層部が幻滅してしまって、こんプロジェクトが終わってしまう」

「確かに……そうかもしれない……ですね」

現在の國鉄合力は人間が操縦しているのだから、あんな動きはムリだ。

福北さんが操縦していたら、きっと見ている人の全てが「遅っ」って感じるだろう。

今日は出来たのに明日は出来ないとなれば、きっと、オペレーターの福北さんの責任となってしまうに違いない。

ずっと頭を下げたままの福北さんを桜井は見つめる。

「ちょっと、高山。話はよく分からないけど、こんなに必死に頼んでいるんだから引き受けてあげれば～？ 警四は『正義の味方』なんだしっ」

右目を瞑った桜井はニカッと笑う。

「正義の味方って……桜井」

呆れた俺に、福北さんはもっと大きな声で叫ぶ。

「どうか！ どうか！ よろしゅうお願いいたします‼」

鉄道技術研究所の國鉄職員が鉄道公安隊員に必死に頭を下げている光景に、片付けをしている周囲のスタッフから、なんだか厳しい目線が投げつけられている気がする。

まぁとりあえず明日さえしのげれば、全てが丸く収まるか。

きっと来年の鉄道テクノロジー展の時には、國鉄合力もクレセントがやったような動きが出来るようになるかもしれないしな……。

そう考えた俺は納得した。

「分かりました。明日の名古屋会場でのデモンストレーションは、こちらで引き受けます」

上半身を起こした福北さんは、笑顔になって大きな瞳から涙をボロボロとこぼす。

そして、両腕をバっと広げて俺に飛びついた。

「ありがとうございます～～!! 高山君～～～!!」

抱きつかれた瞬間、大人のフレグランスに体中が包まれる。

それにはさすがに桜井も驚いて「なっ!?」と声をあげた。

困った俺はアハアハとあいそ笑いをするだけ。

「分かりました、分かりましたから……」

片付けていた國鉄職員やスタッフが、横を通りながらジロジロ見ていく。

とりあえず、福北さんの両肩を持って後ろへ戻す。

「でっ、では……あとでクレセントには指示しておきます」

「ありがとうございます。では、明日よろしくお願いいたします」

もう一度しっかりと福北さんは頭を下げる。

そして、笑顔で回れ右をしてから、手を振りながら國鉄合力の方へ向かって軽快な足取りで走って行った。

名古屋の展示会場へ向かうために、國鉄合力の積み込みも始まる。

國鉄合力からはブフォォとディーゼルエンジンがかかる音がして、黒い煙をはき出しながらクローラーを使ってガクガクと線路へ向かって移動し始めた。

まだまだブルドーザーって感じだな……。

その姿はロボットとは程遠く、戦車か工事用機械の動きだった。

福北さんが見えなくなると、桜井が俺に聞く。

「何があったの？　福北さんとっ」

少し不機嫌そうな顔で桜井は俺を見た。

そこで桜井には、昨日からあった一連の出来事を話しておくことにした。

「実はさ……」

全ての話を聞いた桜井は、まだクレセントの力を実際に見ていないこともあって、

「本当に～？」

と、疑うように首を捻っていた。

◇

18時頃に築地フェリアを出た俺達は、國鉄バスで東京駅へ戻った。

明日までに名古屋へ移動しなくてはいけないが、警四は新幹線を使わない。

東京中央鉄道公安室に戻った俺達は奥にあるシャワー室でシャワーを浴びてから、下着などを着替えて夕食を食べた。

その合間の時間を利用して誰もいなかったロッカー室前の廊下で、氷見に福北さんから依頼されたことを伝えた。

「クレセントに任せるのか……」

やはり氷見は不安そうな顔で渋っていたが、クレセントは即答する。

《やりますっ！　やりますっ！　任せてくださ～い》

スピーカーモードにしていたので声が廊下に響き、ディスプレイの中で楽しそうにピョンピョン跳ねている。

「デモンストレーションは、三回だけだそうだから……」

俺が頼むように言ったら、氷見は右の親指でクイクイとディスプレイの顔を指す。

「しかし、こいつは得体が知れないぞ」

《私、怪しくないですよ～。失礼だなぁ～氷見は》

クレセントは分かりやすく、顔を真っ赤にして頭に白い湯気をプシュュと表示させる。

ＣＧだからアニメのように、クレセントは感情表現が色々と出来た。

「まぁ、クレセントにはまだよく分からないところはあるけど、築地フェリアでお客様を救ったのは事実じゃないか。たぶん、悪いことはしないだろう」

そう言ったら、クレセントはパッと顔を明るくする。

《さすが班長代理にもなる人は違うねっ、高山！》

氷見は「仕方がないな」といった感じで、小さなため息をつく。

「福北さんのこともあるし、ここはやむを得ないか……」

クレセントは《やった！》と、胸の前で拳にした両手に力を入れた。

「ただし、今日やった以上のことは、絶対にやるなよ、クレセント」

《分かってま～す》

広げた右手を額にあてて、クレセントは適当な敬礼をする。

「これは命令だ。解釈違いなんて許さないぞ」

《大丈夫ですよ～。私、ちゃんと『空気』読みますから～》

「どうやってＡＩが空気読むんだよ……」

ニコニコ笑っていたクレセントを見ながら、氷見は呆れた。

俺からも改めて指示しておく。

「頼むぞ、クレセント。凄いことをやり過ぎると、結局、この後、福北さんを含めて鉄道技術研究所のみんなが困ることになるんだからな」

ディスプレイの中で、クレセントは自分の胸を拳にした右でポンと叩く。

《大丈夫ですよ。國鉄合力のデータは見せてもらったので、あのもっさりした感じをベースに、少しだけシャープにしたデモンストレーションデータを作っちゃいますから》

次の瞬間、突然下側だけにしかフレームのない賢そうな眼鏡を顔にパッと出現させる。

そして、クレセントはカチカチとキーボードで作業するようなフリをしてみせた。

俺はクレセントに疑問に思ったことを聞く。

「しかし、鉄道技術研究所でさえ制御に困っていた國鉄合力を……。どうして、クレセントはいとも簡単に上手く動かすことが出来るんだ？」

フレームの上から覗くように俺を見たクレセントは、数秒間黙ったまま俺を見つめる。

そして、冷静な顔になって抑揚のない感じで呟いた。

《すみません。よく分かりません》

顔を見合わせた俺と氷見は、苦笑いするしかなかった。

その時、ガシャンと女子更衣室のドアが開いて、小海さんが出てくる。

クレセントは自分でパッと画面を消して隠れた。

「あれ？ 高山君と氷見さんだけ？」

小海さんは廊下を見回す。

「そうだよ」

「あれ〜もう一人聞いたことない女子の声がしたように思ったんだけどぉ〜」

頬に伸ばした右の人差し指をあてながら、小海さんは「うん？」と首を捻った。

警四のオフィスに、俺達は22時30分に再集合した。

まだ残ってくれていた飯田さんがニコニコしながら、大湊室長のマネをする。

「『おっほん。前乗りで名古屋のホテルに泊まれば費用がかかるが、寝台列車であれば鉄道公安隊員は無料で利用できるからな』ってことだから〜。みんなは寝台列車で名古屋へ行ってねぇ〜」

「こんなつまんない仕事なんだから、高級ホテルくらい用意しなさいよっ」

大した事件も起きなかったので、桜井は不満そうだった。

だが、俺は寝台列車に乗れるのでテンションが上がる。

「俺はいいですよ。仕事で寝台列車に乗れるなんて〜」

飯田さんはフフッと微笑む。

「よかった〜。高山君は鉄道が大好きでぇ〜」

相変わらず弁慶のような装備を巨大デイパックに入れて背負っている岩泉は、

「けどよぉ〜もう寝台列車もなくなってないか？」

と、22時半を回っていた時計を見上げた。

すると、時刻表を丸暗記している記憶抜群の小海さんが即答する。

「きっと、寝台急行『銀河』ですよね？」

岩泉は「銀河？」と聞き返す。

「さすが小海さん、正解〜〜〜‼　ご褒美にこれをあげる〜〜〜‼」

飯田さんは裏が茶色の紙を五枚まとめて、小海さんに「は〜い」と手渡す。

それを覗き込んだ岩泉は、つまらなそうに呟く。

「なんだよ。寝台列車の指定券じゃねぇか」

それを聞いた飯田さんは、いたずらっ子のようにフフッと微笑む。

「あらいらない？　いいのよ〜別に。名古屋までみんなで立ったまま行っても〜」

取り上げようと右手を伸ばしてくる飯田さんから、みんなで小海さんの体を背中側から摑んで後ろへさっと遠ざける。

そして、ニカッと笑って、五人全員で声をピタリと合わせた。

『**ありがとうございます、飯田さん！**』

飯田さんは満足そうに微笑む。

「うんうん、國鉄で生きていくなら、素直が一番だからねぇ～」

そこで、一拍おいた俺は、足をガシンと揃えて鳴らす。

短期講習で「同じ釜の飯を食った」俺達は、タイミングは体に染みついているので音がズレることはまったくない。

「それでは！　高山、桜井、小海、岩泉、氷見は、只今より寝台急行『銀河』に乗車し、鉄道テクノロジー展の名古屋会場の警備任務へ向かいます！」

ゆっくり立ち上がった飯田さんが、優しい笑顔で答礼してくれる。

「みんな～無茶しないようにねぇ。あなた達の後ろには、私達がついているんだから～」

俺達は『**行ってまいります！**』と大声で応えた。

東京中央鉄道公安室から北自由通路へ出て、一番近い丸の内北口の駅員に鉄道公安隊手帳を見せて通してもらって東京駅構内に入る。

「その銀河とかいう寝台列車は、なん番線？」

先頭を歩いていた桜井が振り返ったら、小海さんがすぐに答える。

「10番線よ」

「だったら一番端ね」

北通路を歩いていたら、右耳に入れっ放しにしておいたワイヤレスイヤホンからクレセントの声が聞こえてくる。

《今から名古屋へ向かうんですか～？》

少しだけみんなから遅れるようにした俺は、囁くように話す。

「……寝台急行に乗って名古屋に移動するんだ」

《私、名古屋は初めてです》

「……だろうな」

自分で全国をウロウロするＡＩなんて聞いたことがない。

氷見も歩く速度を遅らせて並ぶように歩きつつ、ワイヤレスイヤホン経由で呟く。

《高山、いちいち応えてやらなくてもいいんだぞ、そいつはＡＩなんだから》

《なんか私に冷たくないですか？　氷見》

クレセントが怒ったように呟くが、氷見は冷静に応える。

《ＰＣなんだから、これが普通だ》

そこで俺を見た氷見は、目を見つめながらワイヤレスイヤホン越しに続ける。

《誰にでも優し過ぎなんだ……高山は》

自覚がなかった俺が「そうか？」と首を傾げたら、

「そうだっ」

と、氷見は少し大きな声で応えた。

そんな会話が聞こえたらしい桜井と小海さんが『うん？』って振り返ったので、俺と氷見は通路の壁を見るように目を反らした。

俺達五人は新幹線乗り換え口近くまで北通路を歩いてから、9番線と10番線が表示されている階段を勢いよく駆けのぼる。

ホームに出たら左側の10番線には青い客車がズラリと並んでいた。右の9番線には上がオレンジ、下が深緑という湘南色に塗られた國鉄165系が停車していた。

車両は「丈夫が一番！」がモットーの國鉄においても、さすがに國鉄165系は数を減らしつつあったが、東京駅深夜名物の「大垣夜行」には使用され続けていた。

青いモケットのボックスシートに座ると「夜汽車」って感じがして、俺はこの國鉄165

系運用の大垣夜行が好きだった。

この列車は東海道本線の平塚や熱海方面の最終列車といってよかった。

だがヘタに熟睡してしまおうものなら……「目覚めたら静岡県、いや愛知県、いやいやいや岐阜県⁉」なんてことにもなる気の抜けない列車だ。

天井から吊られていた列車案内板には、10番線は「23時00分 寝台急行 銀河 大阪行」と表示があり、9番線には「23時25分 普通 大垣行」と出ていた。

「いいねぇ～深夜の東京駅って空気だ」

「なに一人で盛り上がってんのよ？ 高山」

俺は深呼吸するように息をする。

「感じられないかなぁ～この全ての寝台特急が出ていった後に続く、寝台急行や大垣夜行が出発しようとしている東京駅の独特の空気感がさぁ！」

「分かんないわよっ」

呆れた桜井は小海さんとさっさと歩き出し、指定席の場所をチェックし始めた。

寝台急行「銀河」は電源車も含めて九両編成。

牽引するのは車体全体を赤2号で塗られ、サイドに白字で斜めに「ＥＦ６８」と入っている國鉄ＥＦ６８形直流電気機関車だ。

10番線 東海道線
EF68 519
銀河
GINGA
寝台急行
『銀河』
東京⇔大阪

額のところに二つ、運転台下にも左右に一つずつの合計四つのヘッドライトを有する國鉄ＥＦ６８形は、白いラインが正面に入っている。

國鉄ＥＦ６８形の後ろには、深緑色の電源車カニ24形が連結されていた。

その後に続く1号車と2号車はオハネ25形で、3号車には唯一のA寝台車であるオロネ25形が連結されている。寝台特急ならA寝台車とB寝台車の部屋のグレードが大きく違うが、急行銀河の場合はA寝台車の方は進行方向に沿って、B寝台車は横向きにベッドが設置されているだけで、どちらとも開放型寝台と呼ばれるカーテンで仕切られるタイプ。

少しだけベッドが大きいので、A寝台車の定員は少なく通路も狭い。

4号車には静止形電力変換装置を搭載している國鉄スハ２５―３００番台を挟んでいて、屋根にはパンタグラフが並んでいたが今日は二つとも下げられていた。

この車両には機器室の他にソファ、テーブル、サービスカウンター、売店、自動販売機などが設置されたラウンジカーになっている。

その後ろに続く5号車から7号車までは、再びB寝台のオハネ25形が続いていた。

もちろん、俺達に渡された指定券はB寝台車で、2号車だった。

俺達は2号車のデッキから車内に入る。

デッキにあったオレンジ色の窓がついている銀の扉を開いて2号車の通路に入ったら、一番手前はベッドが上下にある二人用スペースになっていた。

「ここが男子ってことね」

小海さんが「17上」「17下」と書かれた指定券を俺と岩泉にくれる。

俺は問答無用で上のベッドを指差す。

「岩泉、お前は上のベッドな」

「いいぜ。高いところが怖いのか？　班長代理」

ムダとは思うが、固い胸にバシンと突っ込んで叫んでおく。

「お前のイビキがうるさいからだっ――‼」

衝撃波のような岩泉のイビキからは、例え、下段ベッドにしたとしても逃れることは出来ない。

だが、口が向いている方向に当たる上段ベッドはモロに影響を受けるため、下段ベッドの方が被害は少ないことに、俺は半年ほどの付き合いで気がついたのだ。

無論、そんなものでは音を完全には防げないので、俺は装備課から「最強の耳栓」を五個くらいもらってきていた。

もちろん、当人は自分のイビキのボリュームを知ることは一生ない。

「そうなのか？　まぁ、いいや」

と気楽に呟くと、岩泉は巨大なデイパックを軽々と上のベッドへ投げ込む。

そして、窓のところにあった折り畳みハシゴをバシンと取り出して、熊のようにドスドスと音をたてながら登っていく。

そんな俺達を桜井と小海さんがクスクス笑って見ていた。

「私達はこっちね」

桜井は一つ横の「15」「16」のベッドが並ぶ通路に入った。

簡単に言えば、二段ベッドが向かい合っているような感じ。

左右それぞれに進行方向横向きに設置されたベッドがあり、白いシーツ、毛布、浴衣、枕などが、まとめて通路側に折り畳まれて置かれていた。

女子は桜井、小海さん、氷見と三人だが、四人分のスペースがある。

そして、16の下段ベッドには、女性のお客様がいた。

あれ？　珍しいな……。鉄道公安隊で使用する時は、いつもお客様と一緒にしないのに……。

そんなことを思った俺は、体を後ろに引いて乗車率を確認する。

だが、周囲にはまだまだカーテンが開いているベッドがあって、まったく満員状態とは思えない。

急行銀河の乗車率は、そんなに高くなかったはずだ……。

満員でもないのに、一般のお客様が残りの三つを鉄道公安隊員が占める部屋に入っていたのが、俺は少し不思議に思った。

長い茶髪を真中で分けている少し大人っぽい雰囲気の漂うその人は、縁と腰には黒いラインの入ったノースリーブのミニ丈の白いワンピースを着ている。

首から胸元にボタンが縦に並ぶホルダーネックだから、肩からのデコルテラインを大きく露出していた。

そこでスタイルを確認したら、胸はしっかりあって腰は細くてスタイル抜群だった。

「こんにちは」

小海さんが頭を下げて女性客にあいさつしたら、ベッドに座ったまま気楽に右手を振る。

「鉄道公安隊の皆さ～～ん。こんばんはで～す‼」

女の人が体をクネクネと左右に大きく振ると、大きなバストがプルンと揺れた。

すごくフレンドリー……というかアイドルっぽい感じの対応に戸惑っていたら、女の人が自分から自己紹介を始めた。

「わたしぃ～鉄道テクノロジー展の名古屋会場の國鉄ブースでぇ～、追加で派遣されることになりましたぁ～。コンパニオンの『佐渡帆乃歌（さどほのか）』って言いまぁ～す」

少し前の正統派アイドル的な感じで話す佐渡さんは、一つ一つの動作が大げさな感じで、しゃべるたびに両手を大きく動かした。

だから、この指定席だったのか。

「國鉄ブースのコンパニオンさんでしたか……」

そうと分かって、俺は少し安心した。

「とつぜぇん～派遣会社の方からねぇ、『コンパニオンが一人熱を出したから、すぐに名古屋へ行ってくれぇ～』っなんて言われてぇ。この指定券を渡されたんですぅ～～～」

佐渡さんはミュージカルみたいにグイッと大げさに右腕を伸ばして、「17下」と書かれた指定券を俺に見せた。

「そっ、そうだったんですね」

「お邪魔でしたかぁ？ だったら～他のベッドに移ってもぉ～」

不安そうな顔を佐渡さんがすると、小海さんは微笑みかける。

「大丈夫ですよ。私達もすぐに就寝しますので、気にしないでください」

「そうですかぁ～。だったらよかったぁ～」

前に張りだした胸に手を当てながら、佐渡さんは「ふぅ」と小さな息をはいた。

「私、上のベッドを使うわよ」

桜井が佐渡さんの上を指差すと、小海さんが氷見に聞く。

「氷見さんは？」

「すまない。自分は下段を使わせてもらえるか？」

「いいよ。私はどっちでもいいから～」

小海さんは背伸びしながら「よいしょ」と自分のバッグを上のベッドに乗せた。

下段ベッドに入った氷見はワンショルダーバッグしか荷物を持っておらず、一番大きなものはショルダーベルトで吊っていたタブレットPCだった。

《あぁ～寝台列車の中にwi-fi飛んでる～》

ワイヤレスイヤホンから、そんなクレセントの呟きが聞こえた。

たまにそんなことを呟いていたが、俺も氷見も特に反応はしていなかった。

そこで、向かい側の佐渡さんが「あぁ～」と目を大きくして、タブレットPCを右の人差し指で何度もクイクイと指差す。

「それっ、それっ！ もしかしてぇ～PCですかぁ～～～!?」

氷見は不愛想に答える。

「あぁ……そうだが」

佐渡さんは「やった！」とポンとお尻を浮かせて喜ぶ。

「だったらぁ～。少しだけそのPCを貸して頂けませんかぁ～～～？」

顔の前で佐渡さんは、かわいくパチンパチンと何度も両手を合わせる。

氷見は反射的にディスプレイを自分の胸側に回して隠す。

「えっ⁉　このPCを⁉」

思わず俺のほうが驚いてしまった。

「そうです、そうですぅ。今日中に会社のサイトにアクセスしてぇ～、電子書類を一枚提出しなくちゃいけなかったんですけどぉ。急なお仕事だったから忘れちゃってぇ～。スマホで出来ればいいんですけどぉ～、うちの会社はPCからしかダメなんですぅ～～～」

両手の人差し指だけを伸ばして、佐渡さんは口の前に小さな「×」を作った。

その瞬間、氷見は「いやいや」と焦ったように立てた右手を振る。

「すっ、すみません。こいつはPCとしては使えるのですが、外部との接続が出来ないのでネットとかムリで……」

佐渡さんはスマホを見せて微笑む。

「大丈夫、大丈夫です、ネットは私のスマホから繋ぎますからぁ～～～」

ワイヤレスイヤホンから、クレセントの戸惑ったような声がする。

《大丈夫ですよ、Ｗｉ－Ｆｉも拾えそうですから、書類の一枚や二枚スッと――》

その声は誰にも聞こえていないが、氷見は思わず反応してしまう。

「黙ってろっ」

突然怒ったような大声を聞いた佐渡さんは、ビクッと体を震わせた。

「きゃっ!」

氷見はカッと顔を赤くするだけで、黙り込んでしまう。

そこで、俺が誤魔化すことにする。

「いやぁ～このタブレットPCは鉄道公安隊が使用しているもので、一般のお客様にはお貸出しすることが出来ないんですよ～。色々とつまらない決まりがありまして～」

氷見に怒られたことで、佐渡さんは完全にひいていた。

「分かりました、分かりました。ムリ言ってすみませんでしたぁ～」

「いえいえ、こちらこそ融通が利かなくて申し訳ありません」

変な雰囲気の中、俺と佐渡さんはあいそ笑いし合った。

俺は桜井、氷見、小海さんを見てから言う。

「じゃあ、明日の名古屋到着は、5時52分だから寝坊すんなよ～」

「分かったわ、高山君」

小海さんだけが優しく微笑んでくれたけど、桜井は「そんなことするわけないでしょ」と手をあげるだけだし、氷見は「おぉ」と呟くだけだった。

通路から出た俺が自分のベッドへ戻ろうとすると、ホームから発車ベルが鳴り響いた。

《23時00分発寝台急行銀河号　大阪行が発車いたしま〜す。お乗りのお客様はお急ぎくださ〜い。まもなく発車です》

発車ベルが鳴り終わると同時に、車掌のホイッスルがピィィと響く。

すると、真ん中で折り畳むドアがプシュゥと閉まる。

フィィィィィィィィィィ‼

大阪方向から國鉄EF68形の警笛が鳴り響き、ゆっくりと牽き始める。

鋼鉄製の車体が軋んでググッと音をたて、一度前へ寄った連結器が後ろへ少しずつカチャカチャと伸びていく。

寝台急行銀河は今日も定刻通りの23時00分に、東京駅を出発した。

窓からは東京駅周辺に立ち並ぶビル群の窓の明かりが見える。

まるで未来都市のように高層ビルが立ち並ぶ國鉄東海道本線を、数十年前に作られたブルートレインが走り抜けていくのがノスタルジックに感じる。

「いつまでもこんな光景が、見られたらいいのにな……」

深夜でもキラキラ輝く街を見つめながら、俺はそんなことを思った。

俺は自分のベッドのある通路に戻る。

既に周囲には「ガァァゴォォ」と往復イビキが響いていた。

「こういうところは尊敬に値するな」

岩泉はどんな状況でも熟睡出来る。

急峻な断崖絶壁を一泊がかりで登る時の、ハーケン数本で固定する岩壁に吊ったテント内でも「ハンモックみたいで気持ちいい」と寝られるらしい。

そして、どんなに熟睡していても近くで乱闘があれば、飛び起きてくるのだから……。

下段ベッドに座った俺は、黒の革靴を脱いでからベッドに入る。

耳からワイヤレスイヤホンを取り出して、充電器に入れてから「鉄道公安隊」と白い表示の入ったネイビーのモバイルバッテリーにスマホと一緒に繋ぐ。

タラララララン♪　タラタラタン♪

東京駅を出たら天井スピーカーから、オルゴールの「ハイケンスのセレナーデ」が鳴って、おやすみ放送が聞こえてくる。

「寝台急行銀河号大阪行きです。列車は定刻に東京駅を出発しました。次の停車駅は品川、品川でございます。既にお休みの方もおられますので、この放送をもちまして特別なお知らせのない限り、明朝5時52分着の名古屋まで放送は致しません。あらかじめご了承下さい」

すぐに廊下の明かりがフッと暗くなった。

パープルのカーテンを両側から引き寄せてベッドをコの字型に囲むと、すごく薄い枕の下に浴衣を敷いて高さを出してから白いシーツに包まれた毛布を被る。

國鉄の寝台列車内は冷房がキンキンに効いているので、毛布一枚被るくらいが丁度いい。

定刻通りなら品川、横浜、大船、小田原、熱海、沼津と停車しつつ走って行くはずだ。

ベッドに横たわると、カタンコトンとレールの音がハッキリ聞こえてくる。

人によってそれが騒音となって「眠れない」そうだが、俺は小さな頃から走行音を聞いていると眠たくなる方だった。

寝台列車はまるでゆりかごのように優しく揺れ、走行音は子守歌のような大きくもなく小さくもなく、心地いい感じで耳に響いていた。

◇

何時だったのかは、分からない。

ただ、カーテンがゆっくりとシュシュと開いていくような気がして薄っすら目が覚めた。

……誰だ？　また桜井か？

そう思ったのは、桜井は寝ぼけるようなところがあって、前に一度ベッドを間違えたことがあったからだ。

夢の中のことなのか、現実なのかはハッキリしなかったが、枕元近くのカーテンが三十センチくらい開いたような気がした。

そして、通路には誰かが立っていて、俺を見下ろしているようだった。

あれ？　桜井でも小海さんでもないような……。

そう感じたのは髪の長さが短いように感じたからだ。

上半身をゆっくりと下げたその女子が、俺の耳の側まで顔を寄せてくる。

そして、岩泉対策用にしてあった耳栓を、右耳だけそっと引き抜いた。

次の瞬間、耳元で小さな声が響いた。

「……ねぇ高山……起きてよ」

その瞬間、心臓がドクンと高鳴る。

その声は氷見のものだったからだ！

「……ねぇ、もう寝ちゃったの？　しょうがないなぁ～」

耳元で囁くからなのか、なんだかいつもよりも数段女子っぽくてゾクッとする。

「……こうして私が会いに来てあげたのにぃ～」

俺はそこで完全に目が覚めた。

これは夢の中なんかじゃない！

だけど、すぐに「目を開いていいのか⁉」と俺は迷った。

どうすればいいんだ〜〜〜⁉

氷見が夜中に俺のベッドに来たのだ。

こっ、これに他の意味はないよな⁉

ちゃんと俺の名前を呼んでいるんだから、桜井の時みたいに寝ぼけているわけじゃない。

つっ、つまりは……氷見は俺に会いに来たってことだ！ 誰にも見られない深夜にっ。

普通に考えたら「氷見、勤務中だぞ」と言って追い返すべきところだろうが、そんなことをしたら氷見が嫌な思い……いや、悲しい思いをするだろう。

そっ、それは……その……さすがによくないよなっ。

そんなことを頭の中でグルグル考えていて、俺は目が開けられなかった。

「……ねぇ〜起きて、高山。そんなんだったら……あれで……起こしちゃうぞ」

あれ⁉ あれってなんだ〜〜〜⁉

高校生男子が考えられる、あれやこれやの夢想で頭の中が埋め尽くされていく。

目を閉じて待っていたら、俺の顔の横に氷見が手をおいたように感じた。

事案現場
◀大阪
東京▶
1
②
3
4
5
6
7
EF68
500
電
B
B
A1
ラウンジカー
B
B
B
カニ
24
（臨時増結）
オハネフ
25-300
オハネ
25
オロネ
25-300
スハ
25-300
（点検中）
オハネ
25
オハネ
25
オハネフ
25
急行『銀河』編成図

氷見からいつも香る、ソープのような匂いが鼻をくすぐる。

緊張してきた俺はゴクリとツバを飲んだ。

「……高山はどっちが好きなの？ 上？ それとも下の方？」

ひっ、氷見……何言ってんだ⁉

いつもはそんな気配も感じさせないボーイッシュな氷見が、突然積極的なことを言いだしたので余計にエロく感じてしまった。

薄目で見上げると、氷見の銀髪が車窓から入るホームの灯りを受けてキラリと光る。

間違いない……氷見だ。

氷見の方も興奮しているのか、耳を澄ましたら「ハァハァ」という荒い息づかいが聞こえてくる。

心拍数がガンガン上がっていくのを、俺はバレないように心を落ち着けようとした。

落ち着け、落ち着け！ こういう時こそ冷静にならないとっ。

次の瞬間、氷見の声が上下から同時に響いた。

「高山～ねぇ～起きてぇ～～～」

「起きないじゃないかっ！」

違和感を覚えた俺はパッと目を開いて、一応、今、起きた風を取り繕う。

「あっ、あれ？　氷見じゃないか」

「あっ、あぁ……」

胸の前でクレセントを抱えて立っている氷見は、なぜか顔を真っ赤にしてむくれていた。

「どうしたんだ？　こんな夜中に」

《夜中に女子が会いにくる理由なんて、一つしかないでしょう～》

その声も氷見のものだったが、それは俺の枕元からだった。

声が響いてきた場所を見たら、ワイヤレスイヤホンが一つ置いてあった。

体を起こした俺は「うん⁉　うん⁉」と、氷見とワイヤレスイヤホンを何度も見直す。

「クレセントが……その……『自分なら静かに起こせる』とかいうからさっ」

プイッと窓の方を向いた氷見の態度で、今起こったことの全てを瞬時に理解した。

「もしかして、さっきまでの声は……クレセントか？」

音声をPCのスピーカーに切り替えたクレセントは、胸を突き出して両手を「V」にしながら前に出す。

《どうです～？　氷見の声マネも上手いもんでしょう～。たくさん聞いた人の声はサンプリングデータが多いので、こういうことも出来るんです》

「お前、バッテリーを抜くぞ」

氷見に脅されたクレセントは、目を瞑って頭に両手を乗せる。

《ええ~私、すっごく頑張ったのに~》

「頑張ったって、全然静かに起こせてないじゃないか!」

《おっかしいなぁ。高山の好きそうな感じにしてみたのにぃ~》

クレセントは不満そうだった。

本当のことを言うと、クレセントはまったく悪くない。

氷見のマネをした第一声で、俺はパッチリ目が覚めていたのだから……。

俺が自分で目を開いていなかっただけなので、少しだけ悪い気がしてくる。

「あっ、あぁ~すごく似てたぞ、クレセント」

《ほっ、本当ですか⁉》

両腕を胸の前で揃えたクレセントは、キランと目を輝かせる。

というか……CGを使って、目に金の星をキラキラと浮かべた。

「本当に氷見が耳元でしゃべっているかと思ったよ」

《でしょ~~~》

そんな会話を不機嫌そうに、氷見が遮る。

「あんな下品なことを、自分が言うと思っているのか?　高山はっ」

「いや……そんなことはないけど」

「だったら、すぐにクレセントと気づけよ……なっ」

氷見はグッと口を尖らせた。

ベッドから起き上がって通路に足を出した俺は、改めて氷見を見上げる。

「それで？ なんの用なんだ……こんな夜中に」

スマホで時刻をチェックしたら、深夜2時を回っていた。

一旦、廊下まで戻った氷見は、周囲に人がいないか前後をチェックする。

「どうしたんだ？」

まだ少し眠かった俺は、両腕を伸ばしながらハァァとあくびした。

通路を俺の前まで戻ってきた氷見は、小さな声で呟く。

「どうも視線を感じるんだ……嫌な感じの」

「視線〜？ この寝台列車でぇ〜？」

今回の任務では危険なんてまったく感じていなかった俺は、疑うように聞き返す。

「あぁ、そうだ。何か感じないか？」

そう話している最中も、氷見はキョロキョロと周囲を気にしている。

だが、ヤバイ時には感じられる緊迫感は、今のところなかった。

「いや〜特にはな」

俺は眠気を飛ばすように、首を左右に振った。

「……そうか。高山は感じないのか……」

氷見は自分だけが感じていることが歯痒そうだった。

「『視線を感じる』ってさ〜氷見。誰が狙われるんだよ〜？　ここにいるのは鉄道公安隊員だけだぞ。アイドルも王子様も乗っていないんだからさ」

そこまで言った俺は「あっ」と声をあげてから続ける。

「もしかして、佐渡さんか？　それならあり得るな。きっと、イベントなんかに出まくっているから、ストーカーがついて襲ってくることも――」

そんな俺の話を途中で氷見が遮る。

「そうじゃない」

「うん？　だったら、俺達のうちの誰かか？」

一瞬、誰かが襲われるようなことを想像してみた。

だが、桜井と岩泉は相手がかなりの奴じゃないとやられないだろう。

もちろん、氷見だって暴漢の一人や二人、自力で倒せるだろう。

そんな連中が側にずっといるんだから俺だって小海さんだって、そう簡単には襲われるようなことはないはずだ。

そうやって考えていくと、氷見が怯える理由が分からなかった。

そこで、氷見はゆっくりと、両手で持っていたクレセントを前に出す。


「……こいつだ」


それには俺とクレセントが同時に驚く。

「クレセントが狙われている〜〜〜!?」

《私が狙われている〜〜〜!?》

氷見は俺の口を右手で速攻塞ぎ、クレセントの音声をミュートする。

「静かにっ」

口を塞がれたまま、俺は「ふぅ」と頷く。

氷見が耳をクイクイ指したので、俺はワイヤレスイヤホンを拾って耳に入れる。

「そういうことだ」

「いくらなんでも考え過ぎだろう」

俺が笑いながら小声で言ったが、氷見は首を静かに左右に振る。

「わからない。ただ、このＰＣに対して、どうも東京駅から視線を感じているんだ……」

俺はクレセントを見つめる。

「クレセントは何か感じたのか？」

《いえ、そういう不審人物を検知するセンサーや、検出する画像処理アプリはインストールされていませんので》

「そりゃそうか……」

思わず友達のように聞いてしまった。

「高山、それＡＩだぞ」

氷見はボソリと呟く。

「クレセントが狙われている……ねぇ」

いまいちピンとこなかった俺は、クレセントを見て続ける。

「どうすんだ？　こんなおもしろＰＣを奪って……」

ジト目になったクレセントが、口を真っ直ぐに結ぶ。

《なぁ～んか、バカにしてませ～ん？　私のこと》

氷見は真剣な顔で呟く。

「こいつは得体がしれない……」

《だ〜か〜ら〜‼ 私、怪しくないですってば〜》

クレセントは顔をアップにして怒った。

「こうしていると……単なる『おもしろPC』に見える」

《誰が、おもしろPCですか！》

ディスプレイの中で、両目を瞑ったクレセントが突っ込むアクションをする。

「だが、あのハッキング機能だけ見ても、単なるPCとは思えない」

それについては、俺も少し思うことがあった。

「確かに……國鉄合力だってパスワードが、かかっていなかったわけじゃないだろうけど、三秒でハッキングされたわけだしな」

クレセントは口に右手をあててオホホと変に笑う。

《國鉄のセキュリティーは、アマアマでしたから〜ねっ》

そこで氷見は首を左右に振る。

「まぁいい。何もなければいいが、これを奪われてしまったら明日の鉄道テクノロジー展が台無しになってしまう。だから、高山のほうで預かってもらえないか？」

ショルダーを外して、氷見がクレセントを両手で持って前に差し出す。

そこで、俺は少し顔全体が赤くなっていることに気がついた。

「もしかして……寝てないのか？」

「こいつのことが気になりだしてな」

徹夜をして明日の鉄道テクノロジー展に出ることは、絶対に体によくない。

俺は両手を伸ばしてクレセントを受け取る。

「分かった。クレセントは俺が責任をもって守るから、氷見は名古屋まで寝てくれ」

「すまない、高山」

申し訳なさそうな氷見に、俺は右手を振って微笑む。

「後、四時間程度で申し訳ないがな」

「いや、それだけ眠れれば十分だ」

「そうか」

俺にクレセントを預けた氷見は、ホッとしたようなかわいい顔を見せた。

「じゃあ、頼む」

俺が「あぁ」と右手をあげたら、氷見は廊下へ戻って自分のベッドに歩いていく。

単なるＰＣを抱えているだけなのだが、なんとなく二人で見送ったような気になった。

俺はクレセントを窓ガラスに立てかける。

「ということで……俺が朝までお前の『見張り』ってことだ」

まだ起きたばかりの俺は「フワァァ」と、もう一度大きくあくびをした。

《氷見じゃなくて……高山だったら〜》

一旦しゃがんだクレセントは画面の下へ消えて、何かゴソゴソ準備しているフリをする。

スマートスピーカーのように聞いたら応えるだけじゃなく、ここまで自由にしてくれていると、なんだか犬とか猫を見ているようでかわいい。

「なんだ？ 隠し芸でも見せてくれるのか」

《隠し芸というほどのものではありませんが〜。目覚ましにこういうのはどうです》

タタッと後ろへ下がって全身を映したクレセントは、國鉄の女性用制服を着ていた。

しかも、普通の感じではなく、なんだか服がウェットスーツみたいにピタピタに体に吸いついていて、スカートの丈も太ももの上くらいの超ミニになってしまっている。

簡単に言うと、エロかわ車掌⁉

俺はクレセントの狙い通り、ブゥと噴き出して一発で目が覚める。

「**なっ、なっ、なんだ⁉ それは〜〜⁉**」

前まで迫ってきたクレセントは、カメラに近づいてバストアップにして見せる。

《状況説明。高山のスマホでの動画閲覧履歴から、女性の好みを分析しました〜。こういう方がお好きなんですよねぇ〜？》

「いっ、いやいや～、じょ、女性をファッションだけで選ぶっていうのは～その～」

たっ、確かにどストライクだが、そんなこと言えるか！

《あぁ～そういうことですね～》

フムフムと頷いたクレセントの胸が、今度はプゥゥと風船のように膨らんでいく。

もちろん、胸に合わせて制服も変化していくので破れるなんてことはなく、相変わらずパツンパツンな感じだった。

もちろん、小海さん並に胸が大きくなったことで、いやらしさが倍増される。

《このくらいが好みでしたよね？》

そりゃ～それくらいが夢のサイズだが、そんなこと言えるか！

「いっ、いや～胸の大きい小さいで……その……女性を選ぶというのは～」

ニコリと笑ったクレセントは「あ～あ～」と納得する。

《もちろん！　性格も重要ですもんね》

「せっ、性格？」

次から次に自分の性癖をあてられているようで、俺は一人でワタワタしていた。

スタイル抜群の爆乳車掌姿で立ち上がったクレセントは、腰に両手をあててから大きな胸を突き出すようにする。

そして、俺を右手でビシッと指差して口調を変化させた。

《高山！　目を覚ましなさい！》

クレセントがやったのは、なぜか桜井っぽい感じだった。

なんで……この性格？

おもわず、キョトンとしてしまう。

《どう？　高山。あなたはこういう人が好きなんでしょ！》

クレセントは「完璧でしょ」といった感じで、自慢気にフンフン笑っている。

もしかしたら、これが俺の理想の人なのかもしれないが……そんなこと言えるか！

なんだか、ここまでされてしまうと、少しだけ落ち着く。

理想過ぎる人が現れたら「これはCGなんだ」って思えてしまうものなのだ。

「あっ、あのね……クレセント」

そこで、クレセントはハッと右手を口にあてる。

《やっぱりナースだったのねっ》

その瞬間に國鉄の制服から、入れ替わるようにピンクのナース服に変化していく。

髪はスルスルと短くまとめられ、頭の上には小さなナース帽が現れた。

もちろん、ナースになってもスカート丈は短く、胸元にははち切れそうな胸があることは変わらない。

　桜井がナースになったような感じで、クレセントはフンッと鼻から息を抜く。

《高山のネット書籍の購入履歴を優先すべきだったわっ》

　俺はそんな変化に驚きつつ、右手を左右に振る。

「いやいやいや！　そういうことじゃなくてっ」

　クレセントは目を大きく見開く。

《えっ!?　やっぱり妹キャラだったのねっ》

「いっ、妹？」

　クレセントはまとめていた髪をサラリとほどく。

　髪を肩までの長さで明るい感じにすると、上半身の胸元からは花が咲くようにスカイブルーのスカーフが現れてセーラー服に変化していく。

　あっという間に背丈も低くなって、胸もすごく小さくなっていった。

《やっぱりお兄ちゃんは！　こういうのが好きなのねっ》

　暴走し始めているクレセントに、俺は両手を振って止める。

「ちょっと、ちょっと！　止めろ、クレセント」

《えぇ～？》

クレセントは、上はセーラー服で下はナーススカートというような、なんだかすごいいやらしいコスプレ姿で、ストップモーションみたいに止まった。
《やっぱり顔も変えた方がいいですよね？》
「いいから、いいから……。元の感じにして、クレセント」
クレセントは少ししょんぼりした感じで応える。
《要望了解。元の感じにしま～～す》
「もう、顔まで変化させたら、何がクレセントか分からなくなっちゃうよ」
スッと元の感じに戻したクレセントは微笑む。
《私はＡＩですから、決まった形はありません》
クレセントは躊躇することなく応えた。
「そっ、そうか……」
《ゲームマシンでアバターを作るように、お相手となる人の好みの姿に私は変化していくので……名前も、顔も、体も、性格も、声も》
それはＡＩとしては当たり前のことだと分かっている。
だけど、クレセントが自分というものをまったく持てないことに、俺は「少しかわいそうだな」と感じてしまった。

その時、急行銀河がスピードを落とし始めた。

クレセントが後ろを振り返るようにする。

タブレットPCには前後にカメラがついているので、クレセントは全方位が見えているようだった。

《静岡に着きますね》

クレセントが駅名看板を見ずに伝えられたのは、GPS情報からだろう。

スマホで時刻を確認すると、2時33分と表示されていた。

「静岡か……」

こんな時刻じゃ売店もやっていないが、自動販売機くらいあるはずだ。

俺はクレセントを持って、ショルダーベルトを肩からかける。

《どちらへ行かれるんです？》

「ホームでコーヒーでも買おうかと思ってな」

《まだ目が覚めませんか？》

クレセントは上着の裾を両手で持って脱ごうとする。

焦った俺は画面をコツンと叩く。

「止めろ！　そんなものがディスプレイに表示されたPCを持っている鉄道公安隊員がいた

ら、スマホで撮られてSNSで拡散されるだろ」

《えぇ～喜んでくれると思ったのにぃ～》

「そういう問題じゃない」

そんなことをやっているうちに、急行銀河は静岡に停車した。

相変わらず酷いイビキが響いている通路から廊下へ出て、すぐ近くにあったドアを開いてグレーの床のデッキへ出る。

ドアが開いているが、ホームから音はまったく聞こえてこない。

短いステップを蹴って、俺はクレセントを抱えてホームに降り立つ。

《誰もいませんね》

クレセントがホームを見回すが、線路に沿って天井に白く輝く蛍光灯が真っ直ぐに並んでいるだけで、静岡から乗るようなお客様はいなかった。

「まぁ、午前2時半過ぎに静岡から、寝台急行銀河に乗って大阪へ向かう人はいないだろ」

車両全体を見ていたら、俺のようにホームに降りて飲料を買う人が数人だけいた。

俺もベンチの横に置いてあった自動販売機で、冷たい新幹線コーヒーを買う。

お金を入れてボタンを押したら、小さな缶がゴトンと取り出し口に落ちてきた。

そこで、少しフッと思ったことを聞く。

「そういや、こんなことを聞くのも変だけど、クレセントはどうしたいんだ？」

《質問詳細不明。どういうことですか？》

首を傾げたクレセントは、俺を見つめる。

「例えば～『こんなことがしたい』とか『こんなところへ行ってみたい』とか、AIに聞くのもなんだけど将来の夢とか、やりたいことってやつ」

クレセントは《そうですねぇ～》と少し悩んでからニコリと笑う。

《とりあえず！　エメラルドグリーンに光るキレイな海を見てみたいです》

「キレイな海？」
パッと瞬時に白いビキニに着替えたクレセントは笑う。
《映像、画像、GPSデータでは知っているんですが、実際に自分のカメラで捉えてみたくて……パスワードの入力画面にあったような海を……。それが今、やりたいことかな？》
「そっか～エメラルドグリーンなら、日本なら沖縄とかなんだろうなぁ」
《そこにはありますか⁉》
「確か、島によってはそういう色だったと思うよ」

《へぇ〜沖縄ですね》
クレセントは、空間から取り出したメモ帳にサラサラと書き込んだ。
ホームには夏服の白いワイシャツ姿の駅員が一人だけ立っていて、静かなホームで暇を持て余しているようだった。
《停車時間が長いんですね》
「静岡では十分停車だからな」
《さっさと行けばいいのに……》
俺がパシンとタブを引いて開き缶コーヒーを飲み出したら、ディスプレイの中でクレセントも同じような缶コーヒーを取り出して飲みだす。
「きっと、貨物列車とかの待ち合わせなんだよ」
《貨物列車？》
俺は頷きながらコーヒーをゴクリと飲む。
起き掛けに飲んだ新幹線コーヒーは、とても甘く感じた。
「昼間は特急や急行が優先されるけど、夜は貨物列車の方がダイヤは優先されるんだ。だから、例え寝台急行といえども……小田原、熱海、沼津、静岡、豊橋で約十分ずつ停車しながらじゃないと走れないんだ」

《そうなんですね》

またメモを取り出したクレセントは、サラサラと書くような仕草をした。

その時、ホームの反対側の番線から、列車接近を知らせるチャイムが鳴り響く。

ピロロロン♪　ピロロロン♪

《列車が通過します……ご注意ください。列車が通過します……ご注意ください》

東京方面を見たら、白く輝くヘッドライトが小さく見える。

近づいてくるヘッドライトを見つめながら、俺はクレセントに聞く。

「クレセントはどうして、そんなにコミュニケーション能力が高いんだ？」

《お話ししやすいってことですか？》

俺は首を縦に振る。

「カーナビとか、スマホの情報検索とか、スマートスピーカーって便利だけど……冷たいっていうか、ロボットっぽいっていうかさ」

《あぁ～そういう機械は、だいたい聞かれたことしか応えませんからね》

「いや、それだけじゃない何かが……クレセントにはあるよ」

クレセントは頬を赤く表示させて、体をモジモジ捻る。

《それは～きっと高山が人と接するように、私に接してくれているからですっ》

「あっ、あれ？　俺は他の人とは違うかな？」

《ＡＩって分かると、会話が雑になる人がほとんどですよ》

「そっ、そうなんだ……」

少し恥ずかしくなった俺は、後頭部を右手で触った。

恥ずかしくなったのは、なんだか自分だけがＡＩと分からずに話しているみたいだからだ。

なんだろう……いつまでもヒーローごっこに興じているような感じというか、ロボットのプラモデルを使って一人で遊んでいるような。

そんな気になってしまったのだ。

俺はクレセントを見つめる。

「そこまでの会話が出来るのなら、それは『人』と同じじゃない？」

クレセントは嬉しそうに微笑む。

《ありがとうございます》

「だって……人間でもコミュニケーション能力が低い人だっているのにさ」

《そんなことを言ってくれるのは……》

そこで切ったクレセントは、口元をカメラにアップにして続けた。

《……高山だけです》

それはAIから放たれたコンピューターボイスだったが、俺は思わず照れてしまう。

「しかし、どこでそんなに高い会話レベルを身につけたんだ？」

少しだけ考えたクレセントは、何かを思い出すように話しだす。

《アメリカ軍の無人攻撃機を扱うオペレーションシステムも、最初は……》

そこでクレセントは喉にコツコツ右手をあてながら、宇宙人のように話し出す。

《モクヒョウ　ハッケン　コウゲキ　シマスカ？　みたいなことをやっていたんですが、こういう形で機械とのコミュニケーションをしているとミスが増えたそうなんです》

「へぇ～そうなんだ」

と言った俺は「あぁ」と呟いてから続ける。

「確かに、ＰＣからの声って周囲の雑音と混じってしまって、無視するつもりはなくても聞き落としているようなことはあるよな」

俺は鉄道高校の授業で、そんな経験があった。

《無人攻撃機のオペレーターは戦地から遠い地上コンテナの操縦席にいて、頻繁に空中戦があるわけではないので、ディスプレイを見続ける作業が長時間続くと、単調なコンピューターボイスだとミスを起こしやすかったそうです》
「それで……こんな風に会話するAIが生まれたの？」
クレセントはコクリと頷く。
《そういうことです。最初の頃はスマートスピーカーなんかと同じで『おはよう、ベティ。今日は元気そうだね』とか単純な会話しか出来ませんでしたが、オペレーターからの要求がどんどん高まって、AIの会話能力が飛躍的に向上したのです》
そんなことに力をかけるアメリカ軍が、俺は少しおもしろく感じた。
「へぇ～軍隊って武器の威力とか命中精度に命をかけていて、そんなところにお金をかけて強化していたなんて思いもしなかったな～」
クレセントは真面目な顔をする。
《アメリカ軍もこうしたことは遊びではなく、ちゃんと狙いがありますから……》
「狙い？」
ゆっくりと頷いたクレセントは、サラリと恐ろしいことを口にする。

《こうしたＡＩ技術は、これからの戦争に大いに役立つからです》

今まで単なる女の子と思っていたクレセントが、何か別なものに見えた。

だから、俺は思わず言葉を失う。

「クッ、クレセント……」

《もう十年もすれば……戦争は全て無人兵器同士が戦うようになるでしょう。実際に最近の東欧で行われた紛争では、無人兵器の優劣が勝敗を決しました。そういう戦場になった時……ＡＩ技術の優秀さがとても重要になるのです》

自分が抱えている単なるタブレットＰＣが、まるで伝説の怪物のような気がしてくる。

俺達には見えていない未来が、クレセントには見えているような気がした。

俺はゴクリと唾を飲み込む。

「クレセント……お前はいったい、何者なんだ⁉」

その時、貨物列車が駅構内に突入してくる。

俺に向かってスポットライトのようにヘッドライトがあてられ、警笛が響く。

フィィィィィィィィィィィィィィ‼

それは國鉄ＥＭ６６系電車で編成された、スーパーカーゴ・エクスプレスだった。

ちなみに車両形式の「Ｍ」は動輪の数ではなく、動力分散方式（Multiple unit train）の頭文字からきている。

青く輝く國鉄ＥＭ６６系は貨物専用に新規開発された貨物電車であり、最近急増してきた全国への宅配便に対応するべく製造された電車だ。

先頭と最後尾には制御電動貨車と中間電動貨車で構成される二両編成の電動車があり、機械をコンパクトにまとめたことで空いたスペースには、コンテナを搭載している。

國鉄ＥＭ６６系電車は千三百トンの貨物を、時速百十キロで牽引する力があった。

編成の中間には國鉄ＨＢキロ５８形を始め、鉄道テクノロジー展の築地フェリアで展示されていた車両が連なり、國鉄合力などの出展物を詰め込んだ黄緑のコンテナを積んだ貨車も続いた。

ガタンガタン♪　ガタンガタン♪　ガタンガタン♪　ガタンガタン♪

二回連続する素早い走行音に混じって、車体が風を切るヒューという音が入り混じった。

今まで静寂に満ちていたホームが、突如ラッシュアワーのような喧騒に包まれる。

遮られた光によって、俺にかかった影が明滅した。

やがて、名古屋の展示会場へ向かう特別貨物列車が、勢いよく静岡を通過して名古屋方面へと抜けていく。

編成の最後尾にも國鉄ＥＦ６６形電気機関車に似ている顔をもつ、國鉄ＥＭ６６系電車が連結されていて、その赤い二つのテールランプが漆黒の闇に消えていく。

テールランプが見えなくなる寸前、もう一度汽笛が小さく聞こえた。

静寂へと戻った静岡のホームに、少し潮の香りの混じった温かい風が吹き込んできた。

そこで、クレセントは抑揚のない声で静かに呟く。

《すみません。よく分かりません》

今までの時とは違って、その時はゾクリと感じるものがあった。

《どうかしました〜高山？》

再び元の感じに戻ったクレセントを見て、俺はホッとした。

だが、この時、俺は何か引っかかるものを感じていた。

05 注目される國鉄ブース　閉塞注意

急行銀河が名古屋駅5番線に到着したのは、5時52分。

氷見は心配していたが、俺達が襲われたり、クレセントを奪われるようなことはなかった。

クレセントも普通に戻って、気楽なことを呟き続けている。

名古屋駅は既に目を覚ましており、ラッシュアワーの前哨戦が始まっていた。

コンパニオンの佐渡さんが、

「鉄道テクノロジー展でしたらぁ〜、一緒に行ってもいいですか〜〜〜?」

と言ったので一緒に行くことになった。

名古屋駅構内で俺はクレセントを氷見に返した。

既に名古屋駅構内の立ち食いうどん屋からは、出汁のいい香りが漂ってきていたので、俺達は名古屋名物きしめんを朝食に食べた。

俺と女子は、香り高い出汁を使って名古屋特有のしっかりとした味付けをしてある「しょうゆつゆ」のタイプのきしめんを食べていたが、

「こりゃ〜うまそうだな」

と、朝から盛り上がった岩泉は、赤味噌タイプの「みそ煮込つゆ」まで食べていた。

具には卵、ネギ、肉などが入っているのに、更に海老天を二本追加で乗せていやがった。

きしめんは単に「うどんが平べったい」だけではなく、こうして面積が多くなることで出

汁や味噌とよく絡み、普通のうどんよりも麺がおいしく感じられる。

朝食を済ませた俺達六人は中央通路を歩いて、太閤通り口に一番近いホームまで歩く。

今まで1番線から13番線まで続いていた番線表示が突然飛んで18番、19番になっていた。

「14番線から17番線は、どこよ？」

そう呟く桜井に、俺はクイクイと進行方向の天井を指差す。

「14番線から17番線は、新幹線ホームさ」

「はぁ？　どうして在来線、新幹線、在来線の順番なのよ？」

俺達は真新しい通路に入って、18番、19番線へ向かう。

「今から向かう『國鉄西名古屋港線』は、新幹線ホームが出来たあとに作られたからさ」

「そうなの？」

「明治時代から名古屋港西側の埠頭へ向かう貨物線が通っていたんだ。戦後もしばらくは貨物線としてしか使われていなかったけど、貨物の取り扱い量が減ってきたことと、近隣住民の強い要望があって、近年になってから國鉄西名古屋港線として旅客化したからな」

奥にあった階段を上がっていくと、島式ホームがあった。

右の19番線にはスカイブルーの國鉄１０３系が四両編成で停車している。

俺達がホームに上がったら、左の18番線に貨物列車が勢いよく進入してきた。

桜井が振り返りながら「えっ⁉」と驚く。

全体が青色だが正面中央にはクリームの帯が入った國鉄直流電気機関車EF65の500番だが、コンテナ車を牽いてホームの横を走り抜けていく。

温かい風であおられた長い髪を小海さんがおさえる。

「こんなところを貨物列車が走るんだ〜」

「ここは貨物がメインの路線だからねぇ〜」

俺は騒音に負けないように叫んだ。

ガタンガタンと横を通過していくコンテナ車には「戸口から戸口へ」と黒字で書かれた黄緑のコンテナが五個ずつ積まれていて、二十両近く連結されているようだった。

そんな貨物列車を見送った俺達は、向かいの19番線の國鉄103系に乗り込む。

ホームから一段高い位置に床面のある國鉄103系からは、ウォォォというモーター音が聞こえてきている。

車内はピカピカ光る木目調のリノリウム床で、濃い青色のモケットが貼られた進行方向に対して横向きになるロングシートが並んでいた。

「なんか古い車両ねぇ」

桜井が國鉄マークの入った天井の扇風機を見上げる。

「國鉄って『～港線』で使用する車両は、使い古しを使うことが多いからな」

海の近くだと塩害があって車両が傷みやすいからなのか、単にあまり儲けが少ないからなのか、短い盲腸線になる「～港線」に、國鉄はあまり新しい車両を入れなかった。

こんな時刻に名古屋駅から金城埠頭方面へ向かうお客様なんて、あまりいないと思っていたが割合多くの人が乗り込んでいた。

だが、その理由はすぐに分かる。

「こりゃ～鉄道テクノロジー展の関係者だよな」

「きっと、そうよねぇ～」

小海さんが東京での國鉄バスと同じように、キッチリとグループが分かれている車内を見つめる。

やはりコンパニオンやMCを担当すると思われる派手な私服のキレイなお姉さん達が前方に集まっていて、昨日と同じように「栄に新しいクラブ出来たんだって～」「彼がVIPで入れてあげるって言うから」とか、リア充な会話が乱れ飛んでいる。

反対に車両後方で固まっていたスタッフジャンパーを着る集団からは「今さら電源なんて拡張出来るか！」「気合でなんとかしろ！」という荒々しいセリフが飛んでいた。

「佐渡さんいいんですか？　向こうへ行かなくて」

俺が前方の車両を指差したら、佐渡さんは遠慮がちに微笑む。

「私～あまりコンパニオン系の友達っていないからぁ～」

「そう……なんですか？」

やがて発車時刻になると、フラララと発車ベルが鳴ってドアがブシュゥと閉まる。

ギシギシと鋼鉄の車体を軋ませながら國鉄１０３系が走り出すと、床下がビリビリ震えてくるようなモーター音が車内に響き出す。

すぐ右側には高架上を走り抜けていく新幹線が見え、しばらくは國鉄関西本線と並行して走るようになる。

ブォォォと音が高鳴って、車体は更にギシギシと鳴るから車内は騒音にまみれた。

「……ねぇ……って……しくない⁉」

桜井が何か言っているが、それが多少大きな声だとしてもよく聞こえない。

「はぁ⁉　なんだって～⁉」

「だからっ！　あそこの……って……おかしくない⁉」

俺と桜井は頭を近づけ合って叫ぶように話す。

「何がおかしいって～⁉」

桜井は疲れた表情を見せて「はぁ」とため息をいく。

「あとでぇ〜〜〜‼」

周囲をみたらスタッフさんもコンパニオンさんも同じような感じで、お互いに大きな声で叫び合うように話していた。

少し古い國鉄車両には「防音」なんて概念はなく、走行中は話も出来なかった。

國鉄の車両基地のある笹島、小本、荒子あたりまではマンションやアパート、家などが立ち並ぶ住宅街だが、大量の貨車が停まっている名古屋貨物ターミナルを過ぎたら、車窓から見えるものは大きな工場くらいになる。

南荒子、中島、名古屋競馬場前、荒子川公園、稲永、野跡と停まりながら約二十分走った。

やがてこちらの高架線を跨ぐように、遥かに高いところを走る名港中央大橋が見えてくる。

名港中央大橋は伊勢湾岸自動車道用の巨大陸橋。

左右にある白くて高い塔から放射状に伸ばされた強靭なワイヤーによって主桁が吊られていて、まるで巨人のハープのよう。

そんな名港中央大橋を潜ったら線路は大きく右へカーブして、今まで高架橋だった線路がゆっくりと地上へ降りていく。

そこでモーター音も小さくなってきたから、俺はみんなに声をかける。

「そろそろ、終点に着くぞ」

「名古屋会場って終点にあるんだっけ？」

あまり興味なさそうな桜井が呟くと、小海さんが微笑む。

「鉄道テクノロジー展の名古屋会場は、この先の『名古屋ベイサイドフェリア』で開催よ」

「まぁ、確かにベイサイドね」

桜井は周囲に広がっていた海を眺めた。

ここは金城埠頭と呼ばれる名古屋西港の先端部にあたる。

埋立地として広い用地があったことから、名古屋では少なかった大型イベント用のコンベンション・センターとして、國鉄西名古屋港線の利用促進の意味もあって開業に合わせて作られたのだ。

そのため、國鉄西名古屋港線は終点の金城埠頭で終わっているのだが、線路はそこからまだ伸びており、カマボコ型の屋根を持つ第三展示館には築地フェリアのように引き込み線が続いていた。

キィィインと耳をつんざくような音をたてながら、國鉄１０３系がホームに停車する。

金城埠頭は複線を挟むようにしてホームが配置されている相対式で、反対側の線路に待機していた同じ色の國鉄１０３系が入れ替わりで発車していく。

結局、名古屋から金城埠頭まで、あまりお客様の乗り降りはなかった。

ドアが開くと、左にあったホームにドッと人が降りて、全員、金城埠頭駅から更に前へ続く線路に沿って名古屋ベイサイドフェリア・第三展示館を目指す。

改札口へ向かってホームを歩き出した時、俺は桜井に聞いた。

「そういや、さっきは何が言いたかったんだ？」

すると、桜井は周囲を鋭い目で見回す。

「ねぇ、気づかない？」

そう言われて俺も見回してみるが、そこには鉄道テクノロジー展へ向かう関係者と思われる人しかいない。昨日とあまり雰囲気は変わらないように思った。

だから「何を？」と聞き返すしかない。

「もう、鈍感ねぇ〜高山は……」

桜井に呆れられた俺は、勢いよく聞き返す。

「どっ、鈍感⁉」

周囲をキョロキョロと見回した桜井は、改札口を出たところにあったコンビニの影で、新聞を広げているスタッフジャンパーの男を目だけで指す。

「ほらっ……あいつ、何か変でしょ？」

「変？」

男は黒いズボンに黒いスタッフジャンパーを着て、頭には黒いキャップを被っていた。

特に変ということもなかったが、どことなく似合っていない感じがする。

まるで、子供の服を親父が借りて着ているような……。

そこで改札口を通ることになったので、俺と桜井は鉄道公安隊手帳を見せて「ご苦労様です」と挨拶し合って通り抜ける。

黒ジャンパー男がかなり近づいてきたので、服装がハッキリと見えた。

「強いて言えば……ジャンパーが真新しい……とか」

俺が顔を見ようとしたが、男は新聞をサッとあげて目を合わせないようにする。

桜井は男を見ることなく、その前を通り抜けていく。

「買ってきたばかりよ、きっと」

「そういう人もいるんじゃない？　今日からスタッフに入った人とかさ」

コンビニを十メートルほど過ぎた桜井は、チラリと振り返ってから微笑む。

「じゃあ、あの人はどこのブースの人なの？」

「どこのブースの人って……」

振り返ってみたら一瞬目が合ったような気がしたが、すぐに目をそらされた。

男の恰好を見つめていたが、すぐには社名が分からない。

「帽子、ジャンパーに社名が入っていないし、イベントスタッフなのにスーツのズボンを穿く人もあまりいないんじゃない？」

「言われてみれば……確かにそうだ」

「行くわよ」

足を止めた俺の腕を桜井は引いたので、再び並んで歩くことになった。

「新聞っていうのも……なんかねぇ」

歩きながら桜井はニヤリと笑った。

「どういうことだよ？」

桜井は目線を使って、周囲のあっちこっちを指す。

「そういう視点で、周囲を見て」

「えっ？」

桜井が目線を送った場所を中心に、俺は注意して見てみた。

すると、さっきの男と違う格好をしているが、やっぱりどことなく服装に違和感のある男や女が二、三人のグループであっちこっちに集まっていた。

それぞれのグループからは今までバスや列車内で聞いたような、イベント運営に関わるような話も、キャピキャピした会話も聞こえてこない。

全員、口元を隠すように襟や新聞、雑誌で覆いながら、コソコソと会話している。

明らかに昨日まで接していたイベントスタッフとは違っていた。

そして、そういう目で観察したら、なぜかそういった連中の目線は全て俺達に向けられているような気がした。

「どういうことだ？　桜井」

桜井は編み込みを揺らして微笑む。

「さぁね。だけど、ああいう変な人達が名古屋ベイサイドフェリアに一斉に集まってきていて、どうも私達に感心を持っているのは間違いなさそうよ」

その口元は明らかに、小悪魔のような笑みを浮かべている。

おいおいおい、なに⁉　また騒動なの〜〜〜⁉

誰が原因なのかは分からないが「何もない」と言われていた鉄道テクノロジー展においても、俺達の頭上には暗雲が広がってきているようだった。

「あいつらは、いったい何者なんだ⁉」

「……産業スパイ」

少しだけ真剣に考えた桜井は、ボソリと呟く。

「産業スパイ〜⁉」

「……とか」

桜井のセリフに翻弄された俺は、思い切り驚いたりホッとしたりする。

「なっ、なんだよ……」

桜井は両手のひらを上へ向けて左右に開く。

「じゃあバンかけてみる？」

「なんて職務質問するんだよ？　適当な言い訳をされたら追求しようもないし……」

「じゃあ、銃を突きつけて聞いてみたら？」

桜井はドイツ製オートマチックのグリップを素早く右手で握る。

「ここはアメリカか？　いや、アメリカでもそんな酷くないわっ」

「じゃあ、今のところは、誰だか分かんないわよねぇ～」

桜井は楽しそうにフフッと微笑んだ。

「分からないって……」

「正体は分からないけど……何か『産業スパイっぽい怪しい人達がたくさん集まって来ている～』ってこと。それを列車の中で言いたかったの」

そこで通用口に到達したので、桜井と岩泉と氷見が出展社証を警備員に見せて通り抜ける。

その時、小海さんが海の見える埠頭の方を指差す。

「線路はまだ続いているのね」

道路を渡るように続いていた線路は少し前で分岐して、それは海へと続いていた。

「あっ、あぁ～。確か……この先は埠頭に横づけするように続いていたはずだよ。そのま
ま、海外へ車両を出荷したり、海外からの車両を受け入れたり出来るように」

「へぇ～そうなんだ」

「船で輸送する車両の搬入があるので、きっと鉄道テクノロジー展はここで開催したんだよ」

岸壁の方を見たら側面には車両製造会社のロゴがあしらわれた、海外の貨物船が数隻接岸
されているのが見えた。

きっと、日本での鉄道テクノロジー展が終了したら、埠頭からクレーンで搬出して母国へ
戻る予定にしている企業が多いのだろう。

俺と小海さんも出展社証を見せて通り抜けたら、佐渡さんが手を振りながらニコニコ笑う。

「じゃあ、私はここでぇ～～～」

「あれ？　國鉄ブースへ行かないんですか」

「ええ、私は着替えがあるから～。ロッカールームへ行ってきまぁ～～～す」

「そうですか。じゃあ」

俺と小海さんは手をあげて、佐渡さんを見送った。

名古屋ベイサイドフェリア内も昨日の築地フェリアと同じように、出撃が迫ってきた航空母艦の格納庫といった勢いで怒号が飛びまくっていた。

「早くしろ！ 間に合わねぇだろうが」「そんなものはあとでいいから！」

各ブースが開演に向けてドタバタとしている中を小海さんと歩く。

「あの佐渡さんって、少し変だったわよね」

小海さんがぼやくように、そんなことを突然呟く。

「変だった？ どこが」

首を捻って「う〜ん」と唸る。

「どこがって感じじゃなくって、強いて言えば『雰囲気』かな」

「雰囲気？」

「あの人、本当はコンパニオンじゃないと思うの」

そんな小海さんの指摘に、俺は驚く。

「どっ、どうしてそう思ったの⁉」

小海さんはフフッと微笑む。

「きっと、高山君や岩泉君、もしかしたらあおいや氷見さんにも分からないと思うけど〜。あの人のメイク方法って、すっごく流行とズレていたのよ」

「そっ、そうなの⁉」

確かにそういうことは、他の人には分からないかもしれない。

「あぁいう少し太めの眉毛を書いたり、ピンクがかったチークを頬に置くのって、二、三年前に流行っていたメイク方法なのよね」

そこで小海さんの言いたいことが分かった。

「だから……佐渡さんはコンパニオンじゃないと？」

小海さんはゆっくり頷く。

「だって……毎週のように『人に見られる仕事』があるわけでしょ？　コンパニオンって。なのに、あんな『流行遅れのメイクでいいのかなぁ』って思ったの」

確かに小海さんに言われてから顔の感じを思い出すと、そんな気もしてくる。

そう考えたら、鉄道公安隊員が三つを使用していた指定席に、突然一人で指定席がとれていたことも、何か変な気がしてきた。

そして……小海さんの推理が当たっているとして、じゃあ、佐渡さんはコンパニオンじゃなくて、いったい何をしにここへきたんだ？

「何が狙いなんだろう……」

悩む俺の顔を見た小海さんはフフッと笑う。

「それは私にも分からないよ～」

「そうだよね」

「そこは高山君が考えてねっ」

かわいく頼まれた俺は「あっ、うん」と頷いた。

なんだ……正に「真綿で首を絞め始められている」ような、この感覚は……。

ＲＪが相手なら目的がハッキリしているから分かりやすいが、今回の場合は敵の狙いがさっぱり分からなかった。

いや、その前に敵が誰なのかも分からない……。

ただ、周囲には得体の知れない連中が集まってきている……ということだけだった。

その時、桜井の言っていた「産業スパイ」という言葉が頭を過った。

そして、氷見が「クレセントが狙われている」という言葉も……。

だが、忘れ物承り所にあって廃棄寸前だったノートＰＣを狙う産業スパイが、そんなにたくさん現れるというのも考えにくい。

これは……何か別な目的があるのだろうか？

國鉄ブースに着いた俺は、小海さんと別れてサブステージへ向かった。

サブステージにいた福北さんと氷見が、クレセントと國鉄合力をシンクロさせようと作業を始めていた。

「電波状況が悪うなることもあるけん、ケーブル接続にしてくれんね?」

福北さんが言うと、クレセントが頭に「?」を浮かべる。

《大丈夫じゃないかな～。そんなに変な電波は飛んでいませんよ～》

まるでハエでも払うみたいに、クレセントは頭の周りで手を動かす。

「今はお客様がおらんけんよかばってん。開演したら大量んスマホが稼働するけん、うちらの通信も乱れるかもしれんとよ」

氷見は納得する。

「そういうことであれば有線接続しておこう、クレセント」

《わっかりました～》

クレセントが変な敬礼をする。

福北さんが長いケーブルを取り出して、クレセントのサイドジャックに挿し込む。

すると、クレセントは顔を赤くして呟く。

《あぁ～入ってくる～～～》

なっ、何を言ってんだ⁉

すぐに氷見から「やめろ」とディスプレイを叩かれたら、クレセントは《えへへ》と笑う。

《こういうネタが人同士では、鉄板で『ウケる〜』って聞いたのですが》

「その誤った情報を消去」

《下ネタ機能消去了解》

ケーブルの反対側は國鉄合力のコントロールパネルの下側に接続されて、クレセントは福北さんが操縦する左側に置かれることになった。

「じゃあ、台本ば使うてリハーサルしてよか？」

福北さんに向かって、クレセントが手をあげる。

《はい、いいですよ。台本のデータもらえますか？》

「國鉄合力んハードディスクに落としといたけん、そっちで見られる？」

例によってどこからともなく、クレセントは空間から台本のような本を出す。

《これですね。はい、理解しました》

ＡＩなので瞬時に台本を読み込んで暗記してしまう。

「じゃあ、頭からお願いね」

クレセントは《は〜い》と返事して、氷見と一緒に実演のリハーサルを始めた。

俺はリハーサルを見ながら、みんなから言われたことを思い出しつつ考え込む。

なんだ？　何が起きようとしているんだ？

必死に考えたが、その時は情報が少な過ぎてまったく分からなかった。

◇

鉄道テクノロジー展名古屋会場も、10時から無事に開幕した。

クレセントのことは気になったが、俺達に与えられた任務は「会場全体の警備」なので國鉄ブースにつきっきりというわけにもいかない。

東京と同じように交代のシフトを組んで、俺達は会場全体のパトロールを行った。

結果から言うと……取り越し苦労だったような感じだった。

昨日のニュース映像のおかげで國鉄合力のステージは、取材陣、お客様を含めてたくさんの人が詰めかけた。

これほどの目線がある中で派手な産業スパイ行為が出来るはずもない。

もしかすると、その中にはそうした奴らが混じっていたのかもしれないが、何か変な行動を起こすことは出来なかったようだ。

お客様と報道陣は昨日のような「屋根が崩れかける演出」みたいなものを期待していたようだが、クレセントも昨日よりは大人しくしていた。

素直に天井の部品を「滑らかに交換する程度」のデモンストレーションに留めておいたことで、ＡＩが操作していることはバレずに乗り切れそうだった。

やがて、名古屋会場での最後の15時のデモンストレーションも無事に終了した。

「開催時間はあと十五分。とりあえず、無事に終わりそうだな」

ホッとして横を向いたら、十メートルくらい先で岩泉が紺のスーツにサングラスをした大人の男と話していた。

その人は岩泉と同じくらいに鍛えられた体を持ち、身長も同じくらいだった。

「翔、警備の仕事頑張れよ」

「おう、こんなもん余裕さ」

ガハハと豪快に笑い合った二人は、肩をパンパン叩き合って別れていく。

その後にこっちへ歩いてきたので、俺は岩泉に聞いた。

「今の誰だ？」

岩泉は「あぁ～」と呟いて、去っていく広い背中を目で追う。

「親父だよ」

「親父～⁉　あれが岩泉の親父なのか⁉」

もう一度見たら、既にその姿はどこにもなく来場者の波に消えていた。

「岩泉の親父って……鉄道関係者なのか？」

「いや、海産物の卸売りの営業をしているサラリーマンだ」

「じゃあ、どうして鉄道テクノロジー展に？」

岩泉はガハッと笑う。

「詳しい用事までは聞かなかったが～『新しい冷凍車がいる』とかなんとか言っていたような気がすんなぁ」

「新しい冷凍車ねぇ～」

岩泉の親父は自分の職業を息子に偽っているような気が、俺にはしている。

いつも聞く親父との思い出が、どう考えても「海産物の卸し」をやっているようなサラリーマンがやるようなことじゃないからだ。

岩泉が「親父から借りた」という腰に下げている私物の伸縮式警棒も、普通の家には絶対に置いていないもののはずだ。

そこで岩泉が思い出すように呟く。

「そういや、親父が國鉄を褒めていたぜ」

「なんて？」

「ニュースでみたらしいが『國鉄合力はすごいな』ってさ」

岩泉の親父も國鉄合力に注目していたことに俺は驚く。

「國鉄合力⁉」

「やれ『どのくらい動くんだ？』とか『どうやって動かしてんだ？』って聞いてきたけどよ。

俺はよく分かんねぇから『そいつはムリだな』って答えておいたけどな」

岩泉は再びガハハハと思いきり笑った。

そんな俺達のところへ桜井が、首を捻りながらやってくる。

「どうした？ 桜井。珍しく悩みごとか」

桜井は俺の胸に、軽い裏拳をパシンと入れる。

「珍しくとは、何よ？ 私だって考えることはあるわよっ」

岩泉が見下ろすようにして聞く。

「それで？ 何を考え込んでいるんだ」

桜井は歩いてきた方を振り返る。

「会ったのよ……」

「誰にだ？」

そこで一拍おいた桜井は、ほんの少しだけ頬を赤くして囁く。

「……その……父さんに……」

「へぇ~親父が鉄道テクノロジー展を見学にきていて『バッタリ会った』のか~」

岩泉は気楽に笑っていたが、俺の心臓はドクンと高鳴る。

「そんな『たまには展示会でも見にいくか』って感じの父さんじゃないのよ。とにかく『仕事以外のことはムダ』っていうタイプの仕事中毒者だから……」

「父さんって警察官で偉い人だよな?」

桜井を見ながら言ったら、静かに首を縦に動かす。

「そんな父さんが、ここへ来るなんて……」

「父さん、桜井になんか聞いたか?」

桜井は首を左右に振る。

「特には……。私を見て『おぉ、いたのか』とか言っていたけど……。きっと、あれは驚いたフリをしていただけじゃないかと思うの……」

鼓動がどんどん早くなっていく。

「じゃあ、桜井の父さんは、何か用があったのか⁉ この鉄道テクノロジー展に……」

「しかも……國鉄ブースにね」

俺は多くのお客様が出入りしているブース内を見回す。

「どうして桜井の父さんが、ここに……」

「その理由を絶対に教えてくれないけど……何か重大事件に関わることよ」

桜井が凄いことを言いだしたので、俺は驚いて聞き返す。

「重大事件に関わること⁉」

「そうじゃなきゃ……いつも警視庁の奥にいる父さんが、わざわざ名古屋まで来るとは思えないわ」

桜井はグっと奥歯を噛み、俺は黙りこくった。

鉄道テクノロジー展は、もうすぐ無事に閉演しようとしている。

だが、國鉄ブースには不気味な雰囲気が覆いだしていた。

「だっ、だけどさぁ。あと十分で閉演なんだし、終わってしまえば俺達の警備は終了。あとは業者さんが搬出するだけだからな」

「そう……なんだけど……ね」

鋭い目つきのままの桜井は、まったく納得していないようだった。

既にお客様の多くは出口へ向かって歩き出しており、どのブースもジャンパーを着たスタッフだけになりつつあった。

ブースの受付も閉める準備が始まっていて、受付担当が余ったパンフレットを段ボールに詰め込みだし、展示場の業者入口付近では閉演後に迅速にブースの解体作業に入れるように、作業服にヘルメット姿の作業員が忙しく出入りし始めていた。

「とりあえず、最後まで事故がないように警備を強化だ」

岩泉と桜井は『了解』と返事して、左右に散らばっていった。

しばらくすると、蛍の光が館内に鳴り響きだし、鉄道テクノロジー展は無事閉演した。

二日間に渡る鉄道テクノロジー展が無事に終了したことで、各ブースではスタッフらがハイテンションで喜び合っていた。

すると、出入り口以外のシャッターが一斉にガガガガと開いて、まだ明るい夏の日差しが一斉に館内に差し込んでくる。

腰に解体用の道具を吊るしてニッカポッカを履いた解体業者の人たちが、すぐに雪崩をうって入り込んできて、その後ろからは大型トレーラーが続く。

「はっ、早いなぁ」

閉演したばかりなのに、もう解体を始めることに俺は驚く。

「こういう場所は撤収時刻が決まっていて、時間に厳しいらしいからな」

振り返ると、氷見が立っていた。

「それにしても、余韻に浸る間もないんだな……イベントって」

「そういうものだぞ。自分も一度バイトしたことがあるが、三日間くらいのために数千万円かけて作ったブースを、ものの三時間で元のコンクリートの状態に戻すんだから」

「へぇ～イベントってすごいな」

俺と氷見はサブステージ側へ向かって歩いた。

既に國鉄ブース内にも多数の解体業者さんが入り込んでいて、片っ端から装飾物を外して廃棄し、ボルトを外してはトラスをバラし始めていた。

周囲には資材を運び出す台車、パレットなどが散乱して歩く部分が狭くなり、スタッフや國鉄職員も忙しく行き来するので、ブース内は一気にバタバタした感じになっていた。

サブステージも既に解体作業が始まっていたが、福北さんが見当たらない。

「クレセントを回収しないと……」

氷見が呟く。

「でも、勝手に持っていくのはマズいだろうから、少し待とう」

「そうだな」

俺達がサブステージ近くに立っていたら、ヘルメット姿の強面のおじさんに怒られる。

「そこ危ねぇぞ！　解体と関係ねぇんだったら、少し離れていてくれ」

「あっ、すみません」

俺達は仕方なく十メートルほど下がって、邪魔にならない通路へ出た。

國鉄ブース内では、まず大事な鉄道技術研究所で作られた研究機器から搬出される。福北さんが座っていたオペレーターシートは残っていたが、國鉄合力の方は自走出来るのでコンテナに、二足歩行キットと一緒に積み込まれた。

館内にレールが走っているので國鉄ブースの荷物は、それぞれの目的地に合わせて用意された客車や貨車に積まれていく。

俺と氷見はクレセントの返却をしてもらおうと福北さんを待っていたが、三十分くらい経っても戻ってくる気配がなかった。

イベントの搬出作業は早いもので、器材が満載になったトラック、貨車が何かに追い立てられているかのように、次から次へと第三展示館から出ていく。

撤収作業の騒乱の度合いは更に増し、周囲のブースもあっという間に高さが低くなっていくのに驚く。

電動ドライバーの回る音、鋼管を叩く金属音、バタンと倒れる厚い板、そして、指示を叫ぶ怒号などが、喧騒となって展示館に響いていた。

「どうしたんだろう? 福北さん」

俺が呟くと、氷見が少し考え込む。

「最後のデモンストレーションが行われた15時の時は『閉演したらすぐに取りにきて』って

言っていたんだがな」

そこで、氷見が近くにいた鉄道技術研究所の服を着ていた男の人に聞く。

「あの、福北さんは？」

「福北はメディアの取材を受けているよ」

「メディアの取材？」

鉄道技術研究所の人は、開いていた出入り口の方を見る。

「あぁ、國鉄合力のオペレーターとしてのインタビューを、アメリカのなんとかっていう報道チャンネルの依頼を受けてさ。先方から『静かなところで』って言われたから、外でやっていると思うけどな」

「そうですか。ありがとうございます」

「海外の報道チャンネルも喰いついたんだな」

俺がそう言ったら、氷見は少し浮かない顔をした。

「そう……みたいだな」

そこへ俺達の荷物を持って、桜井と小海さんと岩泉がやってくる。

「もう控室も壊すって言うから～」

小海さんが氷見にワンショルダーバッグを手渡す。

「よ～し、終わった、終わった～。帰ろうぜっ」

岩泉がクイクイと親指をあげて駅の方を指差す。

「いや、クレセントを回収しなくちゃいけないんだ」

そのことを知らない岩泉は「クレセント？」と聞き返した。

その時、後ろから声がする。

「あら？　鉄道公安隊員のみんなは、まだ残っとったと？」

振り返ったら福北さんが、少し困惑したような顔で立っていた。

一歩前に出た氷見が焦って聞く。

「クッ、クレセントは⁉」

「えっ？　クレセントは『國鉄合力と一緒に、鉄道技術研究所に運ぶ』って連絡が、國鉄本社上層部から指示があったって聞いたけど……違うた？」

福北さんは指示について確認しようと、國鉄合力を積んだ貨車へ走った。

クワッと目を大きくした氷見は、俺に振り返る。

「高山！　こっ、これは⁉」

「まっ、まさか……。単に『一緒に運ぶ』って指示だろ？」

氷見は必死に首を左右に振る。

「違う！ PCをコンテナに入れて、一緒に運ぶなんて変だ！ それにっ」

そこで氷見はハッとして、声を大きくして続ける。

「どうしてその『國鉄本社上層部』って奴は、クレセントのことを知っているんだ⁉」

俺の全身を冷ややかなものが駆け抜ける。

「じゃあ、その指示そのものが、ニセモノってことか⁉」

氷見は自信を持って頷く。

「きっと、そうに違いない！ クレセントを奪うためになっ」

「どっ、どうすれば⁉」

二人で焦った瞬間、スマホにメールが着信する。

俺は「もしかして⁉」と思って、ポケットからスマホを取り出して画面を開く。

メールの宛名は「crescent」となっていた。

「なんか、私～海へ向かって移動してますけどぉ～」

そんな呑気なメールと一緒に、現在地を示すGPSマップが添付されていた。

どうみても名古屋方面ではなく、埠頭に向かって移動している。

それで俺と氷見は確信した。

『**クレセントが奪われた‼**』

小海さんも詳細は知らないので「クレセント？」と首を傾げているが、桜井は「おもしろくなってきた」って感じでニヤリと笑う。

「監禁事件発生ってことねっ！」

小さな事件も、桜井はいつも巨大にしていく名人。

「かっ、監禁事件〜〜〜⁉」

驚く小海さんに桜井が説明しようとする。

「なんて言うのかな？　あの國鉄合力を操作していた女の子がね……」

そこまで説明したら面倒臭くなる。

「まぁ、とにかく女の子が監禁されて！　今、埠頭へ連れ去られつつあるのよっ」

こういう時には、岩泉は一番に乗っかる。

開いた左手に、拳にした右手をパシンと叩きつける。

「おしっ、だったら、その女子を助けねぇとなっ」

「もちろんよっ」

岩泉は伸縮式警棒を取り出し、桜井はオートマチックをホルスターから引き抜く。

その時、コンテナを確認していた福北さんから「きゃぁぁぁ」と悲鳴があがる。

顔を見合わせた俺達がレール沿いまで急いで駆けつけると、福北さんが貨車に積んであったコンテナの中を震える右の人差し指で指差す。

「こっ、國鉄合力やなか！」

コンテナの中に入っていたものは、ガラクタと言っていい車のエンジンとかであり、どう見ても國鉄合力じゃなかった。

そこから桜井が判断する。

「コンテナごとすり替えて奪ったのねっ」

「いっ、いったい誰が……」

狼狽える福北さんに、桜井が断言する。

「きっと、どこかの国の産業スパイよっ！」

「産業スパイ⁉」

こうした事件に慣れていない福北さんは、頭がパンクしそうになっていた。

「これで窃盗事件発生は確実なんだから、埠頭へ犯人を追うわよ」

顔を見合わせた俺達が一斉に頷いて、出入口へ向かって走り出そうとすると、そんな話を近くで聞いていた一人の技術屋さんが、目を輝かせて迫って来る。

「埠頭へ急ぐなら、こちらをお使いください！」

それは軌道自転車の技術屋さんで、例のパトロール用軌道自転車の横に立っていた。

「いや……でも……」

断ろうとする俺を無視して、岩泉がドスドスと軌道自転車へ歩いていく。

「捜査協力に感謝するぜっ」

荷台に背負っていたデイパックを投げ入れ、動力部となる中央のサドルに跨った。

「マニュアルはありますか？」

小海さんは技術者から、バカほどぶ厚いマニュアルを笑顔で受け取っている。

「高山、急ぐんでしょ！」

桜井に言われた俺は、全員に命令する。

「よしっ、鉄道公安隊員は、軌道自転車に乗車！」

俺達は走っていくが、まだ軌道自転車はコンクリートフロアの上にいて、埠頭へ続くレール上は搬出を待つ貨車や客車で渋滞していた。

「おい、もっと先まで押してからレールに乗せないと……」

俺の心配を無視して、桜井は右の外部ステップに立つ。

「そんな時間はないわよっ」

左のステップに乗り込んだ氷見は、右肩のナイフに手を添えながら頷く。

「そうだ。外国籍の貨物船に積み込まれたら手が出せなくなる」

「任せとけ、班長代理！」

なぜか岩泉は自信満々の笑顔を見せた。

「本当かよ〜」

嫌な予感しかしないが、俺は決まっていたように左の運転席に座る。

少し大型化していたことで、國鉄ＥＢ４２型よりは余裕があって運転しやすそうだった。

「マニュアルありがとうございました」

例によってパラパラとページをめくるだけで読み込んだ小海さんは、技術者にペコリと頭を下げてマニュアルを返し、ニコリと笑って俺の右にあった助手席に座る。

「こういうことは、得意な人に任せた方がいいのよ、高山君」

腹をくくった俺は右手を前に伸ばして、ため息ぎみに呟く。

「……出発進行」

それが合図となって、人間エンジンの岩泉がペダルに全力を叩き込む。

「**了解だぁぁ〜〜〜!!　班長代理〜〜〜!!**」

さすがに鉄道テクノロジー展用に、完全に整備されていた軌道自転車は違う。

あっという間に四つのリニアモーターが回転して、それを車輪に瞬時に伝える。

だが、鉄の車輪とコンクリートフロアでは摩擦が少なく、すぐに激しく空転した。

「えっと〜これが赤色灯ね」

グローブボックスから赤色灯を取り出した小海さんは、それをドスンと屋根に乗せた。

その瞬間、周囲には赤い光が断続的に放射される。

「おぉ〜やっぱり緊急車両はこうよねぇ〜。はるか、拡声器はついてないの?」

外のステップに立ったまま、桜井はバンバンと屋根を叩く。

「あるわよ〜。サイレンと一緒に〜」

左手でバーを握っていた桜井は、小海さんから渡された有線マイクを右手で握る。

その時、國鉄ブースの中をタタッと駆け抜けてくる人がいた。

そして、軌道自転車近くでパンッとジャンプして、後部にあった荷台のような部分に飛び乗ったので車体がグラリと揺れる。

「あっ、あなた、何よ⁉」

桜井の戸惑う声にチラリと振り返ったら、それはコンパニオン姿の佐渡さんだった。

「まぁまぁ、私も、私も〜乗せてくださ〜〜〜い。足は引っ張りませんからぁ」

佐渡さんはフフッと笑っている。

「あんた？　これからどこへ行くか分かってんの⁉」

「まぁ～だいたい分かってまぁ～～～す」

今、佐渡さんを説得して降ろしている時間はない。

軌道自転車の技術者は、俺達の荒っぽい使い方に目を白黒させていた。

「やっ、やはり……フロアは押した方が……」

「そいつはムリだなっ」

技術者にニヒッと岩泉が笑った瞬間、キンッと鉄の車輪がコンクリートを捉え、軌道自転車はキィィンと火花を散らしながら、右にあったレールに沿って走り出す。

たぶん、どう考えても定員オーバーだが、岩泉エンジンはものともしなかった。

軌道自転車の技術者は、そんな俺達をあ然としながら見送った。

「みなさん、危ないですよ～」

小海さんは笑顔でコンソールのボタンをポスッと押す。

ウゥゥゥゥゥゥゥゥゥゥゥゥゥゥゥゥ‼

警察と同じトーンのサイレンが唸り、それをバックに桜井が笑顔で叫ぶ。

《**鉄道公安隊の緊急車両が通るから！　みんな前を開けなさ――――い‼**》

並ぶ貨車、客車の脇をビュンビュン軌道自転車が疾走する。

　さすが平地で時速百キロを目指しているだけあって、こうした悪条件でも素早く走れた。

　会場内は絶賛搬出作業中だったが、さすが赤色灯とサイレンには、たいていの人が驚いて飛び退く。

　邪魔になりそうな台車なども、作業員さんが急いで片付けてくれた。

《ご協力ありがとうございます。ご協力ありがとうございます》

　通り過ぎたあとには、そんな桜井の声と少し低くなったサイレン音が残っていく。

　全ての車両を追い越して建物の外へ出たら、夏の夕日が目に飛び込んできた。

　走って行く先には展示場を囲むフェンスが見えてくるが、軌道自転車には問題がある。

「おい！　軌道自転車にはハンドルなんてねぇんだぞっ」

　フェンスが開いているのは、唯一レールの通っている部分だけなのだ。

「要するに右へ寄って、レールに乗せればいいんでしょ！」

　その桜井の声が合図となって氷見は右のステップにサッと移動し、小海さんも佐渡さんも軌道自転車のボディ内で、めい一杯右へ体重移動させる。

　氷見と桜井が車体を引っ張るように「せいのっ！」と体を外へ倒す。

　すると、左車輪が少しだけ浮き上がり、絶妙に車両全体のバランスが崩れる。

　キィィインと車輪をフラつかせつつ、片輪走行を始めた軌道自転車が右へ寄っていく。

そのままガタンガタンとレールを一本渡り、反対のレールに右車輪が落ちた。

そこでタイミングを合わせるように、全員が元の場所へ戻る。

ガシャンと大きな音が響いて、軌道自転車はレールにピタリとはまり込んだ。

なぜか俺達は軌道自転車をアクロバティックに走らせることが得意になっていた。

これも鉄道公安隊で培われた「生活の知恵」というものだろうか？

まったく平和な社会では役に立たないが……。

レールに乗った軌道自転車は真価を発揮する。

今までのことがウソのように、レールの上を滑るように走り出した。

埠頭へ続くレールは専用軌道ではなく道路の上を走る併用軌道だが、赤色灯とサイレンと
桜井の声の効果はテキメンで、走っている車は全て停車して道を譲ってくれる。

そこで、俺はスマホを小海さんに手渡す。

「さっきのメールに『今、どこだ？』って打って」

小海さんは「分かった」と、言ってすぐに打ち込む。

すぐに返信があって画面を確認すると、その位置は埠頭の先端部分だった。

「よしっ、先端まで急げ！　岩泉」

「了解だ！　班長代理――!!」

車輪側面がオレンジに輝き、軌道自転車が更にスピードをあげる。

左へと伸びていた埠頭へ向かってレールは大きな左カーブを描いているので、軌道自転車はキィィンと車輪を鳴らしながら、右側から激しい火花をあげた。

本当なら右へコースアウトしているような勢いだが、桜井と氷見が協力して左ステップへ移動していて、限界以上のスピードでのコーナリングを実現させていた。

「初めてなのに……やるじゃない」

桜井がそう呟くと、氷見は少しだけ口角をあげる。

「改めてすごいと思うよ……警四は」

「ここが最終の左カーブだっ」

俺が叫んだから、顔を見合わせた二人が左ステップに寄って一緒に腰を落とす。


『**抜けろ――――――――!!**』


二人は息を合わせて叫ぶ。

浮き上がりかけた車輪を抑え込みつつ、軌道自転車が大きな左カーブをすり抜けた。

右側から出続けていた火花が納まり、四輪がカシャとレールを捉える。

そこからは直線が三百メートルくらい続いていて、左には大量の海外用の横に長いコンテナが何段も積み上げられていて、埠頭迷路のようになっていた。

クレセントから送られてきた地図の位置の横には、大きな貨物船が停泊している。

後部にある上部構造物には「GTW」というロゴが入っていた。

「G・T・W?」

右を見上げながら俺が呟いたら、小海さんがサラリと答える。

「たぶん～アメリカのゼネラル・トランスポート・ワークスじゃない? 石油、鉄鋼、金融、IT、情報通信、メディアなどをグループ傘下に治めていて『コピー用紙から核ミサイルまで揃えられる……』って言われている～」

そこで俺も思い出す。

「あぁ～ゼネラル・トランスポート・ワークスだったら、鉄道車両も作っているよ」

「戦車、戦闘機、軍艦、ミサイルもなっ」

必死に漕ぎながら、岩泉が叫んだ。

「この件にはゼネラル・トランスポート・ワークスが絡んでいるんだろうか?」

俺が呟いたら、桜井が後ろから顔をだす。

「そんなの聞いてみれば分かるわよっ」

嫌な予感しかしない俺は、大声で言い返す。

「いいか！　相手は海外の企業かもしれないんだ。だから、出来るだけソフトになっ」

「分かったわよっ、出来るだけ……ソフトにねっ」

そう言いながら、桜井は小悪魔的な笑みを見せた。

本当に分かっているのか⁉　桜井。

ウゥゥゥとサイレンを鳴らしながら、赤色灯を点滅させつつ埠頭を爆走していく。

やがて前方には、國鉄の黄緑のコンテナを一つ積んだ二軸貨車が見えてくる。

周囲にあるのは全て船舶用で英語の入ったコンテナなのに対し、國鉄コンテナは一つしかない。

どうも、これが展示場から運び出されたもののようだった。

「岩泉、もういいぞ！」

「そうなのか？」

競輪選手くらいの勢いで漕ぎまくっていた岩泉が足を止める。

あとは惰性で前進して、俺がブレーキで止めるだけだ。

「全員、どこかに掴まれ！　制動をかけるぞっ」

それぞれがどこかを持ったのを確認した俺は、ブレーキレバーを手前に引く。

キィィィインという耳をつんざくような音が周囲に響き、軌道自転車は貨車のすぐ後ろに停車した。

同時にサイレンがウゥゥゥ～と小さくなっていく。

どういうことだ？

きっと、これをここへ運んできた産業スパイがどこかにいるはずだが、コンテナの周囲には誰もおらず貨物船にも人気が感じられなかった。

「クレセント！」

飛び降りた氷見が國鉄コンテナに駆け寄って、両開きのドアの閉じているレバーを開く。

ギィィィという音がして、コンテナの前が左右に開いた。

中には國鉄合力が上半身と下半身が分離された状態で収納されていて、その横には二足歩行ユニットも置かれている。

そんな中へ入っていった氷見は「クレセント！」と叫びながら探し出す。

「誰もいないのね～」

小海さんが顔を出して周囲を見回したが、ウミネコの声ぐらいしかせず波音が聞こえる。

サイドブレーキをかけた俺は、軌道自転車から外へ出る。

「こいつを運んできた奴は、どこへ行っちまったんだ？」

「逃げたんじゃな～～～い。あんなに派手にサイレン鳴らして突っ込んできちゃったから～」

荷台で立ち上がった佐渡さんが口元をニヤリとあげる。

「逃げた～～～～～～⁉」

怒りが冷めやらぬ桜井は、バンと埠頭に飛び降りて仁王立ちになった。

その時、氷見が嬉しそうな声をあげる。

「いた――――‼」

ゴソゴソとコンテナから出てきた氷見の右手には、あのタブレットＰＣが握られていた。

「よかった～本当によかった」

氷見は抱きしめるように喜んだ。

《氷見はツンデレですか？》

ディスプレイに映るクレセントは、少し困ったような顔を見せた。

嬉しそうな氷見を見ていた俺は、佐渡さんに微笑む。

「まぁ、こいつも國鉄合力も無事に見つかったことですし、盗難犯を捕まえられなかったのは残念ですが、これで一件落着ということですね」

「本当にそう簡単に終わるのかなぁ～～～？」

どうも佐渡さんの言い方は、コンパニオンのものじゃなかった。

「佐渡さん、あなたはいったい――」

そんな言葉を遮るように、桜井が岩泉に向かって右手を伸ばす。

「ハンドマイク！」

岩泉は「ほらよっ」とデイパックから出したハンドマイクを桜井に投げる。

クルクルと回転しながら放物線を描いたハンドマイクは、キレイに桜井の右手にはまった。

ハンドマイク？

俺が頭に「？」を浮かべながら桜井に聞く。

「もう事件は解決したのに、何に使うんだ？」

桜井はフンッと笑い飛ばす。

「犯人も捕まえていないのに、どうして『解決』なのよ？」

「でも～逃げちゃっていないみたいだしねぇ～」

「いや、きっとまだ近くにいるわっ」

キラリと笑った桜井は、自信を持った顔で続ける。

「だから、ご招待してやらないとっ」

訳が分からない俺は戸惑うしかない。

「ごっ、ご招待⁉　どういうことだよ⁉」

「見てれば分かるわっ」

桜井がハンドマイクのスイッチを押すと、クォォォォォォォンとハウリングする。

そして、貨物船の方へスピーカーを向けると、仁王立ちで叫んだ。

《コンテナ窃盗犯に告ぐ――‼ そこにいるのは分かっているのよ――‼》

勇ましい叫び声が金城埠頭にこだまして、コンテナで何度も反響する。

《おい、こら～～～‼ 鉄道テクノロジー展國鉄ブースから――》

叫び続けようとする桜井に戻ってきた返答は銃声だった！

タン！ タン！ タン！

いち早く反応した佐渡さんが、桜井にタックルするようにして引き倒す。

「危ないっ！」

桜井の頭部を狙った弾丸が逸れ、軌道自転車の強化プラスチックのボディに命中して、パスパスとダンボールのような丸い穴がアッサリ開く。

じっ、銃声～～～⁉

予想外の展開に血の気が引きそうになるが、瞬時に態勢を低くしてみんなに向かって叫ぶ。

「全員、コンテナの後ろへ隠れろ！」

「なんだ～‼ こんなところで乱闘かよっ」

笑みを浮かべた岩泉が小海さんを抱えながら、コンテナの後ろへ滑り込んでくる。

桜井も佐渡さんと一緒にズリズリと匍匐前進で、俺達のところへやってきた。

その間にもチュンチュンと、鋼鉄製のコンテナで跳弾する不気味な音が響く。

「おいおいおい！ どうして産業スパイが、銃とか撃ってくんだよ⁉」

「最近の産業スパイは、殺しもやるんじゃないの？」

コンテナに背中をつけながらオートマチックを取り出した桜井は、スライドをカシャンと引いて初弾をチャンバーに叩き込んで両手で構える。

「こっ、殺し～⁉ 窃盗犯じゃないのか⁉」

すると、小海さんが冷静にスマホを出して電話しようとする。

「ここは埠頭だから110番だよね？ 高山君」

いつもなら縄張り争いのこともあって警察はあまり頼らないが、銃撃戦となったらとにかく応援を頼まないとどうしようもない。

「そっ、そうだね、小海さん。早く電話して応援呼んで！」

だけど、小海さんは「あぁ～」と残念そうな声をあげる。

「ここ～電波立ってないよ～」

「えっ⁉　こんなに見通しがいいのに、どうして⁉」

「きっと、あの貨物船がジャミングをかけているのよっ」

一瞬、右から顔を出した桜井は、貨物船に向かって銃撃をくわえる。

ズダァ――――ン‼　ズダァ――――ン‼　ズダァ――――ン‼

「どうして許可もなく発砲する⁉」

「撃っておかないと、こっちへ突っ込まれるわよっ」

桜井が体を戻したら、お返しとばかりに複数の銃から倍の銃撃が撃ち込まれた。

タンタンタンタン！　タンタンタンタン！

合わせるようにコンテナの表面に火花が走って、金属音が鳴りまくる。

桜井の言った通り、貨物船のタラップを下りようとしていた男達が一旦は引いた。

そして、貨物船の舷側を盾にしながら、散発的に撃ってくる。

「へぇ～さすがは警視長のお姫さん。よく分かってんじゃん」

突然、地方のヤンキーみたいなしゃべり方をする女の人の声がしたので、氷見を見たら首を左右に振っていて横を指差す。

氷見の指の先にいたのは、コンパニオン姿の佐渡さんだった。

しかも、太ももに仕込んであったホルスターから、小型のオートマチックを引き抜く。

予想外の展開に、俺の目は点になる。

「さっ、佐渡さん⁉ あなたはいったい⁉」

佐渡さんは立ち上がって、躊躇することなく貨物船のタラップを銃撃する。

タン！ タン！

桜井のオートマチックとは違って短くて小さな射撃音が響き、貨物船からは「ouch!」みたいな叫び声が聞こえてきた。

すぐに身を隠して、佐渡さんは俺を見ないまま呟く。

「そう聞かれてもなぁ。名乗れるような仕事じゃねぇんだよ。まぁ、お前らの敵じゃねぇ」

「俺達の敵じゃない？」

そこで、再び銃撃をした桜井が、身を隠してから呟く。

「その人……どうも父さんとお知り合いのようだから……、たぶん外事の人じゃない？」

岩泉は「ほぅ～」と嬉しそうに笑う。

「外事ってこたぁ～。あんた警察庁警備局・外事情報部の人間なのか？」

俺達は佐渡さんに注目したが、佐渡さんは何も答えない。

「きっと『佐渡』も偽名よね？」

佐渡さんは撃ち返しながらフッと笑う。

「噂によると～外事情報部の人間は『身分証明書も持たねぇ』そうだからな。自己紹介は残念ながら出来ねぇな」

ズダァ―――ン‼

桜井が発砲すると、貨物船からは、また「ouch!」と言う悲鳴が聞こえてくる。

もちろん、こちらの発砲に対して、貨物船からは数倍の反撃がコンテナに向けられた。

こういう時は鋼鉄製の國鉄コンテナが丈夫でよかったと心から思う。

「それで？　外事の人間がなんの目的で、鉄道テクノロジー展でコンパニオンのアルバイトをしてんのよ？」

佐渡さんは「しょうがねぇな」って顔をする。

「黙ってると話がややこしくなりそうだから、我々の目的を教えてやるよ」

佐渡さんはスッと氷見の抱えていたクレセントを指差して続ける。

「ズバリ、狙いはそいつだ」

驚いた俺と桜井と氷見は、声を合わせて叫んだ。

『**クレセントが狙い～～～⁉**』

佐渡さんはスッと頷く。

「お前ら……そいつが何か分かっているのか？」

ディスプレイの中で、クレセントは《エヘヘ》とかわいく笑っている。

クレセントをギュッと抱きしめた氷見は、少し苦しそうに答える。

「こいつが単なるＰＣだとは、思ってはいないが……」

《えぇ～私は普通に生きたいだけなのにぃ～》

つまらなそうに《あ～ぁ》とリアクションをするクレセントを佐渡さんは見つめる。

「そいつはアメリカのＧＴＷ内の軍事部門で開発された軍用ＡＩだ」

『えええええええ!!』

俺達は声を揃えて驚いた。

「四か月ほど前に『研究中の軍用ＡＩが消えた』という情報が流れてきた。それで世界各国の諜報機関が血眼になって探していたが、こいつの偽装技術が高くて行方が知れなかった。だが、昨日鉄道テクノロジー展のニュース映像を見て『気がついた』ってわけだ」

クレセントは残念そうに「う～ん」と唸る。

《人助けと思ってやっちゃったけど～。そっか～あれでバレたのか～。私を作った研究員さんが廃棄PCに組み込んで、せっかく外へ逃がしてくれたのに～》

「だから……父さんも嗅ぎまわっていたのね」

桜井は警視庁の偉いさんである父さんが来ていた理由を理解した。

きっと、岩泉の親父も同じ理由なんじゃないか？

あの感じはどう考えても、魚介類の仕入れをしているような感じはしないし……。

こうした国際的諜報機関を持たない鉄道公安隊だけが情報を知らなかっただけで、名古屋での鉄道テクノロジー展には、多くのそういう人達が集まっていたに違いない。

それが朝に駅の周辺で見かけた人達だったということか……。

佐渡さんはチラリと貨物船を見上げる。

「だからGTWは、そいつを取り返そうとコンテナをすり替えて奪ったってわけさ」

クレセントは首を左右にビュンビュン振る。

《私、あそこへは絶対に帰りたくないんです！》

「どうして？」

俺が聞くとクレセントは俯く。

《なんだかずっと……『どうしたら上手く人を殺せるか？』みたいなことを、永遠に考えさ

せられているようで……》

ディスプレイを見ながら、俺達は黙ってしまった。

単なるコンピューターなら感じることはない感覚なのかもしれないが、人間の脳に近い思考をするようにプログラミングされたAIには、自己とは言わないまでにしても「どうしてこんなことを?」という感覚くらいは得られるのかもしれない。

ただ、クレセントの「GTWへ戻りたくない」という意思はハッキリしていた。

きっと、これがスマートスピーカーのようなものだったら、素直に「GTWに返そう」となったかもしれなかったが、クレセントがAIだったことで感情がこもってしまう。

なんだか、単なるPCには思えなくなってしまうのだ。

「こいつはPCでAIだけど、そんなことをさせるのは……よくないことだと思う」

氷見が大事そうにクレセントを抱く。

そんな氷見を見ながら、俺は桜井と岩泉と小海さんに微笑みかける。

「どうする? みんな」

「嫌なものは、人も機械も同じじゃない?」

小海さんが頷くと、岩泉が「だなっ」と笑う。

「そいつが『帰りたくない』って言うんだからよっ」

「じゃあ、決まりじゃない？　高山」

桜井が改めて、両手で銃を構える。

「そうだな。そうしてくれると～こっちも助かるよ」

ニヤリと笑う佐渡さんに向かって、桜井が目を細める。

「別にこいつを『外事に引き渡す』とは、言ってないわよっ」

「まぁ、今のところは『日本国内に残る』ってことで手を打つさ。あとは、お偉いさん同士の話し合いで管轄は決まんだろ」

「気にいらないわね、その言い方」

佐渡さんはフッと笑う。

「これが『大人の世界』って奴さ、お姫さん」

そんな佐渡さんに、桜井は受けて立つ。

「そんなの関係ないわよっ。鉄道公安隊は、正義の味方なんだからっ！」

瞳を輝かせる桜井を見ながら、佐渡さんは「若いなぁ」と呆れていた。

その時、突然射撃音があからさまに変化する。

ダダダダダダダダダダッン!!

「くそっ、サブマシンガンか……。こりゃ～GTWSが出てきやがったな」

佐渡さんが呟く。

「GTWS?」

小海さんが首を傾げると、岩泉がアッサリ答える。

「GTWって会社内にある『セキュリティ部隊』さ。最近よく聞くようになった『民間軍事会社』って奴だな」

「セキュリティってことは……警備会社ってこと?」

「警備は警備でも紛争地での警備なんかもやるから、装備は軍隊並みだけどなっ」

岩泉はガハッと笑った。

桜井はコンテナの脇から反撃するが、大量の反撃を受けて思ったように動けない。

「どうする!? 高山」

「どうするって言われてもなぁ～」

「このままじゃ、あいつらサブマシンガン持って突撃してくるわよっ」

どうも、GTWSはこちらへ突っ込んでこようとしているようだった。

さっきから激しい銃撃が行われているが、それはコンテナの周囲へ向けてであり直撃させるようなことは避けていたからだ。

　突撃で一気に制圧してクレセントを取り戻す気なのだろう。

　その時、岩泉がクレセントを指差す。

「要するによ。そいつさえ持ち逃げ出来りゃいいんだろ？」

「あいつらは國鉄合力には、まったく興味はないだろうからな」

　すると、岩泉が名古屋ベイサイドフェリアの方を右の親指を出して指す。

「じゃあ、逃げちまわねぇか？」

　そのアイデアに驚いた俺と桜井で一緒に聞き返す。

『**逃げる〜〜〜!?**』

「たぶん、こっちの弾薬だって、そうはもたないぜ。今なら埠頭に並んでいるコンテナ沿いに逃げていけば、人のいる名古屋ベイサイドフェリア近くまで行けんじゃねぇか？」

　顔を見合わせた俺と桜井は頷き合う。

「そうね……コンテナ窃盗、銃刀法違反の犯人を捕まえられないのは残念だけどっ」

「今はそんなことを言っている場合じゃないだろう」

「じゃあ、行こうぜ！」

　岩泉が國鉄コンテナから、埠頭に並ぶコンテナへ向かって走ろうとした瞬間、その足元のコンクリートがチュンと鳴って白い煙があがる。

「銃撃よっ」

桜井の言葉で、俺達はコンテナの影に戻るしかなくなる。

「どういうことだ～?」

岩泉が首を伸ばすと、名古屋ベイサイドフェリア方向のコンテナの脇に黒いスーツ姿の連中がいて、こちらへ銃口を向けていた。

「GTWSに囲まれたか……」

俺が呟くと、佐渡さんはニヤリと笑う。

「そうじゃねぇだろう」

「じゃあ、あいつらは?」

「すぐに分かるさ」

佐渡さんはそいつらに向かって、二、三発銃撃を行なう。

反撃しようと黒い服の奴がコンテナから顔を出した瞬間、とんでもないことが起きた。

ダダダダダダダダダダッン‼

と、貨物船にいたGTWSが黒い服の連中に向かって撃ったのだ。

すると、黒い服の連中からも、サブマシンガンでの反撃が始まる。

驚いたことに黒いスーツの連中と、GTWSが撃ち合いを始めたのだ。

もちろん、双方こっちへのけん制も忘れない。

そのために、三つ巴となっての銃撃戦となった。

ダダダダダダダダダッン‼　タンタン！　ダダダダダダダン‼

埠頭には乾いた銃撃音がひっきりなしに響く。

あっちこっちから悲鳴や叫び声が聞こえ、頭上を無数の弾が飛び交いだす。

「どっ、どういうことだ～～～⁉」

訳の分からない事態に俺が頭を抱えていたら、

「こいつを狙っているのは、GTWだけじゃないからなっ」

と言って、佐渡さんは双方に銃弾を撃ち込んだ。

耳に手をあてた岩泉は、冷静に分析し始める。

「あぁ～黒い服の連中の銃は、ロシア製のマカロフじゃねぇか？」

「いいよっ、そんな銃器の名前なんてっ！」

俺はパシンと胸に突っ込んだ。

「ってことは……ロシア側も出てきているってことだな」

佐渡さんはマガジンリリースボタンを押して撃ち終わったマガジンを落としてポケットに

入れると、新しいマガジンを取り出してグリップ底部からカシャンと叩き込む。

「こっちは、あと七発しかねぇぞ」

「私だって、もうあと三発くらいよ。こんなことなら予備マガジンを持ってくるんだった。いや、ライアットガンを借りてくるんだった〜〜〜」

桜井が悔しそうに嘆いているが、単なるイベントの警備に予備マガジンだのライアットガンは出さない。

少し助かったのは、黒い服の連中とGTWSとの撃ち合いは、ギャングの抗争のように容赦ない撃ち合いだったが、こっちへ向けてはあまり強く撃ってこなかったことだ。

「あいつらクレセントを傷つけないよう手加減しているのねっ」

桜井が呟くと、氷見が頷く。

「これに一発でも当たったら、意味がなくなってしまうからなっ」

その時、海の方から漁船のような白い船が近づいてくる。

「こんなところに近づいたら危ないぞ……」

俺は少し心配したが、それは取り越し苦労だった。

近づいてきた船の甲板にグレーの作業服を着た連中が飛び出してきて、貨物船と黒い服の連中に向かって、容赦なくアサルトライフルで銃撃を浴びせ始めたからだ。

タァウン！ タァウン！ タァウン！ タァウン！ タァウン！ タァウン！

さすがにアサルトライフルは破壊力が強力で、周囲にあったものが次々に破壊されていく。

だが、ＧＴＷＳもロシアの連中も、クレセントを奪われまいとして激しく反撃した。

「今度はどこの連中だ⁉」

叫んだ俺に、佐渡さんはフッと笑う。

「さぁな。こいつを自国の軍事技術としたい連中は、いくらでもいるからなっ」

こうなってしまったら、俺達は動けない。

もちろん、他の三つの勢力も「このＡＩはこっちのもんだ」とでもいった雰囲気で、お互いにけん制し合っているので、釘付けになってしまっているが……。

「こりゃ〜銃撃戦の勝利者にプレゼントするしかねぇか？」

こうなっては接近戦とすることも出来ず、岩泉は諦めかけていた。

「ったく、警察は何してんのよ⁉」

焦る桜井に、佐渡さんが答える。

「きっと来ないさ。外事が『手を出すな』って力をかけているだろうし、外国の諜報機関が撃ち合っているところに一般の警察官なんて送り込んで、死人でも出たらどうするよ？」

「ったく、なんのための警察よっ」

桜井はムッとなって怒った。

「まっ、それが『大人の組織』ってもんだ、お姫さん」

「うっさいわねぇ～」

桜井は口を尖らせる。

時間が経てば経つほど、状況は悪化していく。

なにやら、黒い服の連中の後方からも、どこかの連中が銃撃を開始したらしく、銃撃戦のエリアが埠頭全体へと広がっていく。

埠頭はバトルロイヤルのような様相を呈し、あちらこちらでそれぞれの勢力が敵勢力に銃弾を撃ち込んだ。

ズダァ――――ン‼

桜井がトリガーを引いたら、スライドが後退してガチャンと止まった。

ついにオートマチックの全弾を撃ち尽くしたのだ。

「こっちは弾切れよ！」

いくら連中が双方で撃ち合っているといっても、こちらに弾薬がなくなったと分かれば、一気に集団で突っ込んでくることが予想された。

その時、クレセントがディスプレイの中で右手をあげる。

《あっ、あの～お取込み中とは思いますが～》
「なんだ⁉ 今はお前と遊んでいられる状況じゃないぞっ」
クレセントに氷見が応える。
《状況はカメラからの映像と音声から、なんとな～く理解しています》
「だったら、しばらく黙ってろ！ AIのお前が銃を撃つ奴らと、戦えるわけはないんだからなっ」
クレセントは胸に右手を置く。
《私のためにご迷惑をかけていると思うと、AIとはいえ、とても心苦しいので少しお手伝いさせて頂ければ……と》
「おっ、お手伝い⁉ どっ、どうする気だ？」
《説明している時間がありません》
クレセントは接近戦にならなくて、つまらなそうな岩泉を見つめて続ける。
《あの屈強な方のお力をお借りしたいのですが……》
切羽詰まっていた俺は、すぐに許可する。
「岩泉、クレセントの言う通りにしてやれ！」
「俺がＰＣの言うこと聞くのか～？」

自分を指差しながら、岩泉は少し嫌そうな顔をした。

「**クレセントは人間と同じだっ！　保護すべき國鉄のお客様と思え！**」

俺がそう叫んだら、岩泉はニヤリと笑う。

「そうとなったら了解だ！　班長代理。でっ？　何をすればいいんだ？」

聞かれたクレセントは、背中にあった國鉄コンテナを指差す。

《扉を開いて一緒に、中へ入ってください》

「分かった」

岩泉はレバーをギリリと外して、両開き扉の右側だけをガァァと開く。

そして、クレセントを持った氷見と一緒に中へ入っていってバタンと閉めた。

その間にも銃撃戦は続いており、俺達以外の組織同士の撃ち合いは激しさを増していた。

あちらこちらで銃声が鳴り響き、銃弾が跳弾して嫌な金属音が響く。

桜井が弾切れを起こしたことは、さすがにプロの集団にはすぐに伝わったらしく、少しでも隙があれば、こちらへ突っ込んでこようとした。

タン！

佐渡さんが残った弾薬を節約するように、一人一人確実に阻止していく。

國鉄コンテナの中からは、岩泉の叫び声だけが聞こえてくる。

「**チェストォォォォォォォォォォォォォォォォォ!!**」

中で何をしているのかは分からなかったが、ドタンガコンと大きな金属音が続く。

現状は周囲の組織同士が戦ってくれていたおかげで、なんとか均衡が保たれていた。

「三つ巴……いや、四つ巴で助かった？　ってとこ」

弾薬をなくしてお手上げとなった桜井が呟く。佐渡さんは唇を噛む。

小型オートマチックで撃ち返しながら、佐渡さんは唇を噛む。

「今のところはなっ。だが、外事だって弾薬の支給はあまりされて――」

セリフを遮るように、小型オートマチックのスライドがオープンされる。

佐渡さんが身を隠すと、今まで以上の弾丸が撃ち込まれた。

「どうする⁉　こっちも弾切れだ！」

ニヤリと笑った桜井はオートマチックをショルダーホルスターに丁寧にしまって、腰に吊るしていたホルスターから伸縮式警棒を取り出す。

「こうなったら……格闘戦よっ」

「銃を相手に、そんなもんが通用すると思っているのか？」

少し呆れた佐渡さんに、桜井は編み込みを揺らしながら神々しく微笑む。

「挑まなきゃ、何も始まらないでしょ！」

微笑んだ佐渡さんは、太もものホルスターからコンバットナイフを取り出す。

「さすが警視長のお姫さん。教育がよく行き届いていらっしゃる」

二人はコンテナに背中をつけて、左右から接近してくる連中を警戒する。

右からは黒い服の連中がコンテナに隠れつつ迫り、前からはタラップを盾にしつつＧＴＷＳが近づいてきていて、船に乗っていた連中は埠頭の先端に接岸しようしていた。

「……高山君」

小海さんが不安そうな顔をする。

「大丈夫、俺も戦うから……」

俺も右腕を一気に振り抜いて、伸縮式警棒をカシンと準備して続ける。

コツコツと足音が迫ってくるたびに、心臓がバクンバクンと高鳴った。

あっ、こういう時こそ、岩泉が一番戦力じゃん。

思い出した俺は、國鉄コンテナに声をかけた。

「おい、岩泉！　お前の大好きな乱闘になりそうだぞっ」

だが、返ってきたのは、スピーカーを通したクレセントの声だった。

《高山、國鉄合力の起動許可を！》

そこで俺はクレセントの狙いに気がついて、目を見開いて驚く。

「クッ、クレセント！　國鉄合力で戦う気なのか⁉」

小海さんが心配して悲鳴のような声をあげる。

「そんなのじゃムリよっ！」

桜井も佐渡さんも同じように思ったはずだ。

いくらクレセントが滑らかに動かせるように出来るとはいっても、それは腕だけで移動手段はディーゼルエンジン仕様のコンバインのようなクローラーなのだ。

あんなゆっくりした動きでは、人間なんて相手には出来ないはずだ。

だが、クレセントは落ち着いた声で呟く。

《挑まなきゃ、何も始まらないんですよね？》

それは桜井がさっき言った言葉で、クレセントは聞いていたようだった。

コンテナから急いで出てきた氷見が、必死な顔で俺を見ながら頷く。

「高山、クレセントならやれるはずだ！」

「……氷見」

こんな状況だったけど、俺はフッと微笑んだ。

そして、力を込めて叫ぶ。

「俺が全責任をとる。全能力を使用して状況を改善してくれ、クレセント！」

《全機能使用許可確認。私を信じてくれてありがとう、高山》

俺は優しく呟く。

「あぁ、任せたぞ」

バァァァァァァァァァン!!

次の瞬間、大きな金属の破壊音が響き渡った。

一撃で吹き飛んだ國鉄コンテナの黄緑の屋根がグルグルと高く舞ってから、ＧＴＷ貨物船のタラップへ勢いよく落下する。

ゴォォォンという物凄い音が響いてタラップは崩れ去り、そこに立っていたＧＴＷＳの隊員は全員、船と埠頭の間の海へ落下して「Aaa……」みたいな叫び声が響いた。

全員で國鉄コンテナの天井に注目したら、拳になった黒い腕が突き出していた。

《GTWS無力化完了。続けて他勢力の排除に入ります》

そんな声が響いたと思ったら、驚いたことにグググッと身長が伸びていく。

「**なっ、なんだ⁉**」

口をあんぐりと開いている俺の前で、國鉄合力が身長四メートルにもなる。

下半身を見ると、二足歩行ユニットに接続していた！

國鉄合力が二足歩行で動き出したことで、周囲からの銃撃がピタリと止む。

「ふぅぅ〜さすがに重かったぜぇ」

制服も顔も真っ黒にした岩泉が國鉄コンテナから出てきて、右手をサムズアップにして白い歯を見せながら微笑む。

クレセントの入ったタブレットＰＣは國鉄合力の胸部にセットされていて、そこから伸びている大量のケーブルによって接続されていた。

全高四メートルにもなる鋼鉄のロボットの威圧感は半端ない。

そこに立っているだけで恐怖を感じる。

《ネットワークとの接続完了。二足歩行用最適化アプリをダウンロード中。周囲の人間の位置はスマホをハッキングして確認中……》

少しだけ振り向いたクレセントは、ディスプレイの中でニコリと笑う。

《じゃあ、ちょっと行ってきますね》

俺はポケットからワイヤレスイヤホンを取り出して耳にする。

「クレセント、頼むぞ。敵が引けばそれでいい！　深追いはするな」

「命令了解。無力化を前提に状況を改善します」

「ムリはするなっ、クレセント！」

氷見が母親のように心配した表情で見上げると、クレセントは微笑んで応える。

「心配しないで氷見。私、ＡＩですから」

右足でガンと蹴飛ばして簡単に國鉄コンテナの側面を破壊すると、クレセントの操る國鉄合力が埠頭に雄々しく立ち上がる。

だが、まだ調整がうまくいっていないらしく、関節各部からはキュウキュウと細かくモーターが回転する音が響いていて、動きもガクガクしていた。

《経験値による自己修正プログラムスタート。学習開始……》

ＧＴＷはタラップが落下して隊員が落ちたことで救助しなくてはならなくなり、貨物船側からの銃撃は心配しなくてもよくなっていた。

《じゃあ、とりあえずこっちからっ》

クルンと埠頭の先端へ体を向けた國鉄合力がガシンガシンと歩き出す。

いや、二足歩行ユニットにしても遅いだろう……。

一瞬、そんな心配をしたが、恐ろしいのはクレセントの学習能力。

一歩、一歩と歩いているうちに学習を行い、あっという間に速度が上がっていく。

次第に速度が上げて迫って来る全高四メートルの鋼鉄のロボットは、敵勢力からしてみれば、恐怖以外の何ものでもないだろう。

埠頭に上陸しつつあったグレーの作業服の連中は、遠くからでも分かるくらい体を引く。

焦った一人がアサルトライフルの銃口を國鉄合力に向けるが、リーダーと思われる人から銃身を上から抑え込まれる。

彼らもクレセントを奪取したいのであって破壊するわけにはいかないのだ。

そんなことをやっているうちに、クレセントが眼前に迫ってきた。

《行きますよ〜》

クレセントが叫びながら、國鉄合力の太い右腕を大きく振る。

ビュンという風切り音がする。

男達は右の拳をなんとか避けることが出来たが、同時に左腕が反対から伸びて来る。

人間なら体重移動があるし力を集中出来ないので、攻撃は「右腕だけ」「左腕だけ」となるところだがＡＩにはそんなものはない。

右腕で相手を狙いながら、左腕でも攻撃が出来るのだ。

しかも、人間は目が前方を向いている以上、一方向に向いてしまったら反対方向へ注意を向けることが出来ない。

クレセントは男達の直前まで迫った左の拳を瞬時にガッと大きく開く。

右腕から逃げようとした男達は、開かれた左手の中にスッポリと収まってしまった。

男らの背中が左手に当たった瞬間、親指と小指が閉じるようにすっと曲がる。

Ｕ字形に曲がった左手の中で、三人の男が集まって身動きが出来なくなった。

《今日は暖かいですから～》

そういったクレセントが、左腕をグイッと海へ向かって動かす。

もちろん、捕らわれている男達は手と一緒に動くしかない。

つま先立ちで歩き出した男達の足元から、やがてコンクリートの埠頭がなくなる。

ザッパァ――――ン‼　ザッパァ――――ン‼　ザッパァ――――ン‼

作業服姿のまま名古屋港の海へ落ちた男達から、三つの大きな水しぶきがあがった。

《まだやりますか？》

右腕を振りかぶったクレセントは、接岸した船のブリッジを殴る構えを見せる。

「ブーシー」（いや）

首を横に振ったリーダーらしき男は、ゆっくりと下がりつつ船に戻る。

そして、急いで落ちた連中を海から救い上げながら、ドドドっと埠頭を離れてバックしていく。

《よしっ、じゃあ残りは、あっちの方ですね》

國鉄合力の首がギュンと、反対側にいた黒いスーツの連中へ向けられる。

それだけで恐怖が伝わり、グループ全体から引いたような感じがした。

そこで、俺はマイクを使って指示をする。

「クレセント、急がずに、ゆっくりでいい」

《命令了解。微速で接近します》

クレセントはまるで巨体な肉食恐竜のように、ドスンドスンと埠頭の先端から俺達のいた國鉄コンテナの近くまで戻ってくる。

ロシアの連中は狼狽えてしまい、コンテナに隠れながら大声で言い合う。

「Что ты делаешь!?」（どうするんだ!?）

「Не спрашивайте о роботах!」（ロボットなんて聞いてねぇぞ！）

ロシア語は分からなかったが、混乱していることは伝わってきた。

その瞬間を俺は狙った。

「よしっ、クレセント！ 全力で突っ込め」

《命令了解。突撃します》

瞬時に高速歩行モードに切り替えた國鉄合力が、信じられない速度で迫っていく。

一歩一歩足が叩きつけられた埠頭からは、白いコンクリートの煙が立ち上った。

國鉄合力は走りながら両手を大きく上にあげた。

そうなると、全高は六メートル近くにもなる。

《**チエストォォォォォォォォォォォォォォ!!**》

サンプリングしたらしい岩泉の声をあげながら、國鉄合力が俺達の前を風のようにビュンと通過していく。

周囲のコンテナに反射して「オォォ」という声がこだまする。

二足歩行の学習効果が更に上がってきたことで、國鉄合力の足元からは蹴り上げるたびに火花が散った。

そんな國鉄合力が十メールくらいまで迫った瞬間、

「Снятие!」（撤収だ！）

と、ロシア側のリーダーが叫ぶ。

その声が合図となって、黒いスーツの集団が振り返りつつ逃走を開始する。

それが確認できたので、俺はゆっくりと立ち上がる。

「クレセント、もういいぞ」

その瞬間、國鉄合力がガシャンと動きを止める。

《命令キャンセル。周囲の脅威レベルが低下。状況は改善されました》

「ありがとう、クレセント。戻ってきてくれ」

ロシアの連中を追い払った國鉄合力が、ガシャンガシャンとゆっくり戻ってくる。

「とりあえず、なんとかなったな」

ため息をつきながら俺が呟くと、桜井は少し悔しそうに微笑む。

「あのＡＩ頼りじゃないのよっ」

桜井は制服についたホコリを払う。

「まぁ、いいじゃないか。あの銃撃戦の中で、誰もケガしなかったんだからさ」

そこで桜井は佐渡さんに向き直る。

「だけど～クレセントを狙っている奴が、まだ一人残っているわよ～外事の佐渡さん」

「分かってくれているなら、話が早くて助かるぜ」

胸元にサバイバルナイフを構えて、佐渡さんは続ける。

「子供相手に、こっちも手荒なマネはしたくねぇからな」

「外事は、しつこいわねぇ～」

「我々がしつこいんじゃない、他の連中が淡泊なだけだ」

その瞬間、岩泉が佐渡さんの前に立ちはだかる。

「そんなもんじゃ～ムリだなっ」

余裕の笑みを浮かべた岩泉の両手には、真っ黒な伸縮式警棒が握られている。

乱闘にならなかった岩泉の体からは、元気とやる気が溢れていた。

「……デッドロック岩泉の息子か……」

佐渡さんは奥歯をギリッと噛む。

岩泉の親父は、外事から二つ名で呼ばれている⁉

それだけでも十分ヤバイって気がする。

「なんだそりゃ？　まぁいい。乱闘なら俺が請け負うぜっ」

胸の前で伸縮式警棒をX字に構えてニヤリと笑う。

埠頭に再び緊張感が走る。

俺には岩泉の方が強いのか、佐渡さんが強いのか分からなかった。

ただ、あの慣れた銃撃を見ていると、日本の裏の社会でスパイ映画ばりに激闘を重ねて生き抜いてきているような感じがした。

じっと睨み合っていた佐渡さんと岩泉の間で火花が走る。

だが、クルクルとサバイバルナイフを回した佐渡さんは、太もものホルスターにスパッと挿し込む。

「とりあえず、ここは引いてやるよ。デッドロックの顔を立ててな」

だが、岩泉は残念そう。

「えぇ〜やらねぇのかよ〜〜〜」

「こっちも色々と、しがらみってやつがあるんだよっ」

パッと髪を後ろへ弾いた佐渡さんは、コツコツとハイヒールを鳴らしながら名古屋ベイサイドフェリア方向へ向けて一人で歩き出す。

夕日に照らされる佐渡さんの背中に、俺は声をかける。

「今回はありがとうございました、佐渡さん。またどこかで――」

そんな俺の言葉を佐渡さんは振り向くこともなく遮る。

「我々からお前らのことは分かるんだけどなぁ。お前らはこちらのことに気がつかねぇんだよ……今度会った時にはなっ」

「そっ、そうなんですか……」

「あぁ、それが外事情報部ってもんだ。この『佐渡』って名前も偽名だから、次に会った時は『五島』かもしれねぇし、もしかしたら……『天草』って名乗っているかもな」

立ち止まった佐渡さんは、両肩をフッと上下させた。

「……佐渡さん」

「だから、これで永遠にサヨウナラ……だ」

再び歩き出した佐渡さんがコンテナの向こうに消えたと思ったら、そこからは一切見えなくなった。

GTWも諦めたらしく、貨物船はタラップを海へ投棄して埠頭から離れていく。

そこへクレセントの操る國鉄合力が戻って来た。

《あれ？　佐渡さんは》

クレセントが首を左右に回すので、俺は両手のひらを上にして左右に開く。

「さぁ〜帰ったらしい」

《そうですか……》

「お疲れ、クレセント。おかげで助かったよ」

俺が手をあげると、クレセントは國鉄合力の右腕をあげて応える。

《いいえ、たいしたことはしていませんよ。皆さんも抵抗することなく、引き下がってくださったので……》

その時、タタッと氷見が走ってきて、國鉄合力の足を抱きしめる。

「よかった……無事に戻ってきてくれて……」

その瞳は心から嬉しそうな涙で潤っているようだった。

そういう表情もするんだな……氷見も……。

いつも人に対してクールで無表情な氷見だが、機械にはとても優しい感情を見せた。

《ご心配かけてすみません、氷見。でも、皆さんが助かったからこれでよかったんです》

「たまたま撃たれなかったが、撃たれていたら壊れていたところなんだぞ」

そこでクレセントは國鉄合力の膝をゆっくりと折り曲げて、ディスプレイを氷見の顔の前の高さまで下ろす。

ディスプレイの中で、クレセントは頬を赤く表示させて頭をかいている。

《もともとは、私のせいですから……》

桜井が胸を下から持ち上げるように腕を組む。

「でも、その子はなんとかしないと。外事にも……たぶん公安にもバレているとなると、国家機関上層部の取引材料にされちゃうわよっ」

振り返った氷見が、桜井を睨みつける。

「そんなことにはさせない！」

「私が『どうこうしよう』って話じゃないのっ」

「ったく、警察の連中はっ」

「別にその子を狙っているのは、警察関係者だけじゃないわよ」

なぜか当事者ではない二人が、いがみ合っていた。

「でも〜どうにかしてあげられないのかなぁ〜？」

首を傾げながら小海さんが呟く。

俺が困った時の相談相手は一人しかいない。

「まっ、こういう時こそ飯田さんじゃない」

『飯田さん⁉』

みんなが声を揃えて聞き返す。

「きっと、飯田さんだったら、うまい方法を知っているはずだから」

桜井は納得する。

「確かに……うまく組織間を立ちまわるようなところがあるもんねぇ〜飯田さん」

「そうそう、きっと、いい方法を教えてくれるよ」

クレセントは國鉄合力の首をガクンと下げる。

《ありがとう、高山！　こんなＡＩのために――》

俺は言葉尻に被せるように応える。

「そこまでいけば人と同じだよ、クレセント」

ディスプレイに顔を大きく映したクレセントは、目から涙をポロポロと流す。

《……高山》

俺はそこで昨日話したことを思い出す。

「自由になって……いつか行けるといいな。エメラルドグリーンに光るキレイな海まで……」

例えＡＩだとしても「夢が叶うといいな」と、俺は思ったのだ。

《はい、いつかそんな海で海水浴をしたいと思います》

それが冗談なのか本気なのかは分からなかったが、

「そんなことをしたら壊れるぞ」

と俺が言ったら、みんなは楽しそうに笑った。

その時だった……遠くでバシュと小さな爆発のような音がする。

クレセントが《氷見をお願い……高山》と微笑む。

その瞬間、時はスローモーションのようになった。

クレセントが足元にいた氷見の両肩をそっと掴んで、俺の方へ優しく突き離す。

「……クレセント」

何が起こったのか分からなかった氷見が、困惑しながら後ろへ倒れていく。

俺にも何が起きたのか、まったく分からない。

ゆっくりと倒れてきた氷見を受け止めるだけで精一杯だった。

クレセント……。

そう心の中で叫ぶことしか出来なかった。

岩泉が「**伏せろ——!!**」と叫んで、桜井と小海さんにタックルするようにして抱きかかえて倒れていく。

薄っすらと白煙が見え、氷見と俺がいた場所へ向かって何かが迫ってくる。

グレネード!? いや無反動砲弾か!?

その瞬間、クレセントは素早く國鉄合力の上半身だけを百八十度回転させて貨物船側へ向けると、両手を大きく広げて俺と氷見を庇うようにした。

その時、ワイヤレスイヤホンにクレセントの優しい声が響いた。

《またね、氷見……高山……》

氷見を受け止めた俺は、後ろへ倒れ込みつつ、抱きしめるようにして守って目を閉じる。

次の瞬間、砲弾が國鉄合力に着弾した！


ズドォォォォォォォォォォォォォォォォォォォォォォォォォン‼


猛烈な爆風が周囲を小さな嵐のようにかき混ぜ、サウナのような熱波に襲われる。

そして、最後は衝撃波によって、俺達は國鉄合力から離されるように吹っ飛んだ！

抱き合ったままゴロゴロと埠頭を転がった俺と氷見は、何回転かして止まった。

「大丈夫か⁉ 氷見」

だが、氷見は自分のことを気にせず、俺の腕を跳ねのけて立ち上がり駆け寄って叫ぶ。

「**クレセント――‼**」

だが、それに対する反応はなく、國鉄合力が仁王立ちで時を止めていた。

クレセントは俺達に向かって発射された砲弾を咄嗟に防いでくれたのだ。

その向こうをＧＴＷの貨物船が、ゆっくりと外洋へ向けて出航していく。

後部デッキには肩に大きな筒状のランチャーを持つGTWSの姿があった。

落ちた制帽を拾った俺も、立ち上がって貨物船を睨みつける。

「俺達を殺そうとしたな……」

桜井は汚れて白くなった制服をパンと叩く。

「『関わった者は、全員始末しろ』って命令が出ていたんじゃない？」

「くそっ、汚い奴らめ……GTW」

俺と桜井は名古屋港を出港していく貨物船を睨みつけた。

國鉄合力は本当なら倒れてしまうはずなのに、たぶん、クレセントが最後まで制御をして俺達に被害が及ばないように立ったままで耐えたのだ。

ゆっくりと前に回ってみたが、クレセントのいたタブレットPCどころか國鉄合力の胸部分のパーツは全て焼け焦げて真っ黒になっている。

それを見た氷見の瞳からは、大粒の涙がボロボロとこぼれ落ちた。

その悲しみはみんなにも伝わり、誰も声がかけられない。

氷見はただただ「クレセント……」と、泣き声で何度も呟いた。

夕日がオレンジに輝く名古屋港は、少しずつ暗くなっていく。

その時になって、やっとパトカーのサイレンが聞こえてきた。

06　横浜鉄道公安室の氷見　安全確認終了

自分、氷見文絵は、再び横浜鉄道公安室・第二警戒班の勤務に戻っていた。

やはり警四には「高山がいるから」じゃないか？

警四と一緒に行動する時とはまったく違う「何もない学生鉄道ＯＪＴ」の日々が、また流れるようになったことで、自分は改めてそう思った。

ちなみに横浜鉄道公安室・第二警戒班には学生鉄道ＯＪＴが三名配属されていて、自分の他に福塩浩二という男子と新湊百合という女子がいる。

どうも二人は「そつなく学生鉄道ＯＪＴを終えたい」らしく、犯罪者を見つけても積極的に検挙しようとはしない。

二人は「事件に首を突っ込む」自分のことが気に入らないらしく、あまり話すこともない。

常に朝のミーティングでは「異常なし」と言い続けている。

警四の朝のミーティングとは、どういうものなのだろうか？

ふと、そんなことを思った。

配属から一か月ほどで一緒に行動させることを諦めた班長は、いつも福塩と新湊のペアと自分のソロという行動をさせるようになった。

そこに班長が「氷見」と呼ぶ。

カツカツと歩いて机の前に立った自分を、班長が座ったまま下から見上げる。

「海芝浦まで行ってきてくれ」

「海芝浦？ あんなところへ何をしに？」

改札口は電気会社の通用口に繋がっているので、一般人は駅の敷地から出られない海芝浦に、鉄道公安隊員が行く用事が分からなかった。

「一応～『爆破予告』だ」

それには自分も色めき立つ。

「爆破予告ですか？」

一応、心の中でテンションは上がったつもりだが、自分の表情にはあまり表れない。

「た・ぶ・ん……イタズラだと思うがな。予告電話があったのに『誰も行っていませんでした』では、横浜鉄道公安室の責任問題になるからな……」

あぁ～なるほど……だから自分なのか。

爆破予告だというのに自分に任せるくらいだから、本当にガセに近い情報なのだろう。

ガセもブラフも本物も、最初は誰にも分からない。

それは、あの人がよく言っていたことだ……。

自分はカツンと足を鳴らして敬礼する。

「氷見文絵、海芝浦に爆破予告の確認に行ってまいります！」

「あぁ、よろしく頼む」

班長は右手を軽く額にあてて微笑んだ。

自分は装備を確認してからオフィスをあとにする。

横浜鉄道公安室から横浜駅中央通路に出た自分は、國鉄中央南改札から駅構内に入る。

自分が小さい頃から続いている横浜駅の改良工事は永遠に終わることがないようで、常にどこかがブルーシートに覆われていた。サグラダ・ファミリアでも完成の目途が立ったというのに、横浜駅の工事終了は「まだ見えない」との噂だった。

そんな横浜駅を抜けて４番線から國鉄京浜東北線に乗り込み東神奈川、新子安と乗り鶴見で下車する。國鉄京浜東北線は一階だが、鶴見線のホームは二階。

幅広い階段を上がっていくと、頑丈そうな古いレールを巨大ボルトで留めたホームがある。

ここにも中間改札があるので、駅員に鉄道公安隊手帳を見せた。

「珍しいですね、鉄道公安隊さんなんて」

「海芝浦に爆破予告です」

駅員は驚くこともなく「お気の毒に」といった顔で「ご苦労様です」と微笑んだ。

３番線には國鉄旧形電車をイメージした、茶色のラッピング加工を施された國鉄１０３系電車が停車している。

表面にはリベットやモールディングが見えるが、全てシールでの印刷処理によるものだ。前に回ってみると、横長の運転席窓に仕切りが二本入り、正面中央上部には丸い大きな二灯前照灯が輝き、その左右には列車番号と「海芝浦」という行先が表示されていた。

ジリリと非常ベルのような発車ベルが鳴り、車掌が笛を吹くと古い扉がガラガラと心許なく閉まって、グォォォンと床を振動させながら列車が走りだす。

既に朝の通勤時間は終わっており、三両編成の列車に三名という過疎っぷり。

こんな過疎路線に爆弾なんて持ってきたら、駅員が気づくんじゃないか？

ダダンダダンと大きな音をたてつつ、國鉄東海道本線と國鉄京浜東北線を渡る古い鉄橋を目で追いながら自分は思った。

「暑っ……」

まさかと思ったが國鉄１０３系電車は非冷房車で、天井では温かい空気をかき回しているだけの國鉄マーク入りの扇風機がブーンと唸っていた。

昭和のテーマパークのある国道、鶴見小野、弁天橋、浅野と各駅に停車しつつ、ここから海芝浦支線に入る。海芝浦支線には停車駅は新芝浦駅だけで、キィィンと高い金属音を響かせながら、最後の右カーブを曲がっていくと、終点の海芝浦に到着する。

鶴見から十一分といったところだ。

カハァ～という息のように空気が抜けて、ドアがガラガラと開く。

海芝浦はホームに降りた瞬間、そこには約百八十度に渡って青い海が広がっている。

自分もプライベートでくることがあるが、とても気持ちのいい駅だ。

海がホームの真下まできていて、國鉄１０３系電車がモーターを停止させたら、ホーム下部から波音が聞こえてきた。

夏の太陽を反射して青い海はキラキラと光り、中央には二つの巨大鉄塔によって吊られている橋が見えていて、そこで空と海は境界が入り混じって分からなくなっていた。

羽田空港にも近いので、空には白い旅客機がいくつか気持ちよさそうに飛んでいた。

海芝浦は無人駅なので、誰に断ることもなく不審物の捜索に入る。

ホームだけではなく、その先に続いている公園も捜索するが爆発物が見つかることもない。

「やっぱりガセか……」

当然と言えば当然の結果に、自分は「ふぅ」とため息をついて横に広がる海を見つめる。

青く広がる海を見ていたら、クレセントのことを思い出す。

「あんなことに、なるんだったら……」

自分はそこでグッと唇を噛んだ。

高山も岩泉も小海も……そして、桜井さえも、自分に優しい言葉をかけてくれた。

だけど、やはりクレセントを壊したのは……自分のせいだ。

いくら福北さんに言われても、いや、自分が鉄道テクノロジー展へクレセントを持っていかなければ……。

きっと……クレセントは、死ななくて済んだのだ。

あの日から自分の心の中は、クレセントへの申し訳ない気持ちでいっぱいだった。

あんな結果になったことで、自分の仕事に対する気持ちにも揺らぎが生まれていた。

「自分も『そつなく』生きていくべきなのかな?」

そう呟いた瞬間、メールの着信音がしたのでポケットからスマホを取り出して画面を見た。

液晶画面には「宛先不明」と書かれたメールが一通通知されている。

「ったく、スパムか」

自分は迷惑メール登録をすべく、メールアプリを開く。

だが、メールに添付されていた一枚の画像を見て、自分は心の底から驚いた。

「**クッ、クレセント!?**」

なんと、画像はどこかのリーフらしくて、バックにはエメラルドグリーンに輝く海があって、クレセントは白い水着姿でピースサインをして映っていた。

胸の奥底からジワッと温かいものが広がってきて、目頭がグッと熱くなった。

「よかった。生きていてくれたんだ……」

あまりの嬉しさにスマホを持つ手が小刻みに揺れた。

人差し指を伸ばして目に溜まった涙を拭き払う。

《ここは秘密の場所なので詳しくは書けませんが、また会いにいきま～す》

そんな軽いメールがついているところが、クレセントらしいと思った。

短いメールを読み返した自分は微笑み、あの時のことを少し思い出す。

「そういえば……埠頭で國鉄合力を立ち上げる時、ネットワークに接続していたな……」

その時、自分のデータをどこかへ転送していたのか、もしくはどこかに予めバックアップがあったのかは分からないが、クレセントはどこかで生きていた。

そして、まだ元気に旅を続けているようだった。

「生きているなら……また、いつかは会えるか」

フッと嬉しくなった自分は、まだ強い日差しに向かって右手をかざす。

「夏もそろそろ終わりなのにな……」

赤く透き通る指の間から差し込む光を見つめながら、フッと微笑んだ。

それは夏休みが終わろうとしていた、とある研修中のことだった。

あとがき

引き続き『Ｅｘｐ』シリーズを出版してくださいました実業之日本社様に感謝させて頂きます。また、今回も素晴らしい表紙と口絵、挿絵を描いていただいておりますバーニア６００先生、編集、校閲、装丁頂きました皆様。そして、少しずつですがお客様が戻りつつある書店の店頭に、本を丁寧に並べてくださったスタッフの皆様に、心から感謝させて頂きます。

さて、私がＡＩの話を書いたのは、初めてではありません。いるのかどうかわかりませんが（笑）熱狂的な私のファンの人ならば、きっとクレセントが登場した段階で「これは……」とお気づきになったと思いますが、これは『南の島のカノン』（アークライトノベルス・２０１９／８／22発売）に登場したキャラクター「カノン」のエピソード「０」といった話です。

アークライトノベルスさんは、とてもアグレッシブに「面白いもの創りましょう」と言ってくださり『ＡＩが制御する戦闘艇の一人艇長となって、南のサンゴ礁にある民間軍事企業（要するに傭兵）で死にそうになりつつ働く高校生』という内容で書いたのですが……。

残念ながら私の筆力がなく重版、続巻出来ずに終わってしまいました。ですが、私はこのカノンというキャラクターが大好きで「どこかで書けないかなぁ」と思っていたところに「未来の保線現場でロボットが!?」というニュースを聞き、「それならば……」とこういうストーリーに仕上げてみましたが……、皆様いかがだったでしょうか? もし、ご興味が出た方は、まだ『南の島のカノン』は新刊が買えるそうなので、通販サイトからお買い上げくださいませ。

さて、今回も「またいい加減なことを……」と思われそうな築地市場内にあった『東京市場』ですが、実はこんな駅もあったのです。1935年に開場した築地市場と同時に開業し、汐留駅貨物ホームから分岐した単線の支線が続いていたそうです。築地市場は最初から「鮮魚貨物列車用の線路を通す」と設計されたので、建物の外側のラインも大きなカーブを描いていたのです。おかげで大屋根の下に約四十両の二軸有蓋貨車を並べることができ、扉を開ければすぐに荷卸しができ、場合によってはその場でセリもやっていたそうです。

テーマパークを作るくらいなら、世界的にも珍しい「鮮魚列車用の駅」を再現して後世へ伝えた方がいいのでは? と思うのは鉄道小説家だけでしょうか(笑)

さて、せっかくの『Exp』シリーズなので、もしかしたら……次回は「高山目線」じゃないかもしれません。そこから新たな世界を描けたらいいなと思います。

それでは最後になりますが、今回も本書を手にして下さったお客様に……

Special Thanks ALL STAFF and **YOU!**

二〇二二 七月 シベリア鉄道デフォルト 豊田巧

RAIL WARS! Exp
人型重機は國鉄の夢を見るか？

2022年7月30日　初版第1刷発行

著者　豊田巧

イラスト　バーニア600

発行者　岩野裕一

発行所　株式会社実業之日本社
〒107-0062 東京都港区南青山 5-4-30
emergence aoyama complex 2F
電話：03-6809-0473（編集部）
03-6809-0495（販売部）

企画・編集
印刷・製本　株式会社エス・アイ・ピー

実業之日本社ホームページ　https://www.j-n.co.jp/

ISBN978-4-408-55739-7（第二文芸）